DAL MONDO

ITALIA

MARE MOSSO

Edizioni e/o
Via Camozzi, 1
00195 Roma
info@edizionieo.it
www.edizionieo.it

Art direction e immagine in copertina: Emanuele Ragnisco
instagram.com/emanueleragnisco

ISBN 978-88-3357-485-1

Francesco Musolino

MARE MOSSO

edizioni e/o

A Gianni,
che mi ha fatto scoprire il mare.

La meta è il viaggio.
CHÖGYAM TRUNGPA

Note di narrazione

La Sardegna è una terra circondata dal mare, da sempre piena di insidie per i naviganti. Persino per i più esperti. Basta prendere una mappa nautica per rendersi conto che, ad esempio, a nord ci sono le Bocche di Bonifacio che la separano dalla Corsica. Qui il vento severo di maestrale spinge le imbarcazioni verso gli scogli. Il numero di incidenti e naufragi è tale che le petroliere non possono più transitare vicino alle Bocche. A furia di scommettere contro il mare si rischia di perdere ogni cosa. E non va meglio a sud dove batte e imperversa lo scirocco, capace di ingannare anche i più esperti navigatori. Oggi siamo abituati a vedere i mari solcati da maestose navi portacontainer, battenti bandiere esotiche, stipate all'inverosimile; collegano le sponde dei continenti, viaggiando per mesi e mesi, spostandosi fra i porti delle città costiere, trasportando ogni tipo di mercanzia. Ma negli anni Settanta-Ottanta la situazione era ben diversa, il naviglio era di gran lunga maggiore, composto per la maggior parte da piccole imbarcazioni e dai tramp steamer che si muovevano di porto in porto cercando carichi occasionali, caracollando, trasportando ogni genere di merce immaginabile, dai fosfati al caffè fino al grano dall'Africa. Erano spesso poco più che barchette malandate, mercantili dal tonnellaggio esile che non battevano le bandiere delle grandi compagnie, con a bordo equipaggi di marinai che dopo aver rinunciato a famiglia e affetti, erano ormai capaci di vivere solo cullati dal rollio delle onde e una volta sbarcati soffrivano il mal di terra, incapaci di adattarsi alla routine della normalità, proprio come gli albatros sono maestosi in cielo ma goffi quando toccano il suolo. Queste navi periodicamente cedute, rivendute e messe all'asta, con l'andare del tempo e l'accumularsi delle rotte e la ruggine che mordeva le paratie, avevano bisogno di una mano d'opera sempre più ingente – fin troppo spesso trascurata per via dei costi – e poi, inevitabilmente, si sfasciavano al largo, lanciando disperati SOS quando erano ormai in balìa degli elementi. All'occorrenza, questi vecchi cargo potevano far perdere le proprie tracce facilmente, cambiando nome o inabissandosi. Una delle zone più pericolose del Mediterraneo era proprio il mare aperto al largo delle coste sarde, una rotta particolarmente insidiosa alla quale ricorrevano anche i trafficanti che desideravano muovere le merci dai porti francesi o spagnoli fino alle coste greche o turche, commerciando ogni genere di cose sospette, ricorrendo a qualsivoglia stratagemma per farla franca, ingaggiando una lotta contro la furia delle onde…

Quella che sta per cominciare è una storia vera.

Almeno in parte.

Prologo

Un'Alfetta nera si ferma sotto un palazzo, nei pressi del porto di Cagliari. Le gomme sono lise, stridono appena sul pietrisco dell'asfalto. Il motore, rimasto acceso, emette un rombo cupo. Lassù, dalle finestre di quel palazzo, si apre la vista sul golfo, si vedono chiaramente le banchine e gli scafi ormeggiati che danzano lenti al ritmo della marea e già dal mattino è un tripudio di gabbiani che seguono con grande attenzione le operazioni dei pescatori, pronti ad approfittare dei loro scarti, delle generose offerte delle interiora sanguinolente e gustose.

L'auto si ferma nel cono d'ombra di un lampione che è stato messo fuori uso poco prima da un uomo che ha già aperto il portone e lo tiene spalancato mentre altri due uomini, esili ma dai modi decisi, escono chiudendo le portiere senza far baccano. A dispetto di quello che sta per accadere, è una notte estremamente calma, senza nemmeno una bava di vento, una vera rarità per Cagliari. Sarebbe una notte perfetta per andare a passeggio fino al Castello e da lassù dominare tutta la città. Ma i loro progetti sono decisamente diversi.

L'uomo sul portone fa il gesto della vittoria e indica su, verso le scale. Secondo piano. Gli altri due fanno un rapido cenno di assenso e procedono, lasciandoselo alle spalle, appostato di guardia. Indossano jeans, giubbino e scarpe da ginnastica. Le mani sono avvolte in guanti di pelle nera. Una sorta di divisa, del resto non è la prima volta che si trovano in quella particolare situazione. In fila indiana salgono le scale due gradini alla volta. Veloci, procedono meccanicamente, una rampa dopo l'altra. C'è un attimo di incertezza. Natale è passato da un pezzo eppure il pianerottolo del secondo piano è illuminato sia dalla luce di cortesia che da luci intermittenti. Una fila di lampadine natalizie corre lungo il battiscopa, si attorciglia e si dipana, coprendo tutto il perimetro della porta, tornando indietro alla presa di corrente del pianerottolo, in un brillìo che dovrebbe mettere di buon umore ma che adesso stona paurosamente, illuminando il viso tirato dei due uomini, le loro smorfie foriere di morte.

Sulla porta di casa, ecco l'indizio decisivo: la targhetta di ottone lucido con scritto in corsivo *Famiglia Vitale*.

Uno dei due uomini s'inginocchia, accosta l'orecchio alla porta trattenendo il fiato. Sente qualcosa, alza la mano in segno di attesa. Sono voci? C'è qualcuno che li sta aspettando? Poi capisce, un ghigno affiora sulle sue labbra, chiude il pugno in segno di via libera al compagno, intanto apre la zip di un astuccio e con due ferri attacca la serratura. Il primo lo inserisce nel tamburo e lo tiene fermo, con l'altro cerca di sbloccarla, esercitando movimenti pazienti, quasi ritmati. Un momento di quiete prima del finimondo. Si rialza e poggia la mano sul battente, fa un cenno al compagno che attendeva con il guanto proteso, a pochi centimetri dalla lampadina che illumina le scale, e che ora comincia a svitare mentre l'altro apre la porta. Entrano in casa, pochi passi e con un movimento fluido, senza nessuna incertezza, sfilano le pistole da dietro la schiena, simultaneamente. La musica, prima attutita, adesso viene loro incontro, ne occulta i movimenti avvolgendoli nelle note allegre, morbide, ironicamente fuori posto rispetto a ciò che sta per accadere. Guidati dalle parole di quel cantante con la voce roca, rotta dal fumo, i due uomini avanzano nella notte.

Impugnano delle Walther P38, nere e con il silenziatore avvitato sulla canna. Il risultato finale è un profilo allungato, mortale. Sono armi pratiche, calibro 9 affidabili e con la matricola abrasa, a cose fatte le getteranno via e l'auto che li attende verrà data alle fiamme. Si potrebbe fare diversamente, non mancano gli agganci per far perdere le tracce ma questi sono gli ordini e non si discutono, si mettono in pratica, semplicemente. Procedono con cautela, un passo alla volta, le suole sulle piastrelle stridono appena. Un solo obiettivo, un singolo nome da depennare dalla lista.

Il buio del corridoio è rischiarato dalle luci intermittenti, gialle verdi e rosse, sul pianerottolo alle loro spalle. Il contrasto delle feste, si mescola al sapore aspro dell'adrenalina che corre e pulsa nelle vene dei due uomini giunti fino a Cagliari solo per saldare un conto e chiudere una partita con la moneta più cara, quella della vendetta.

Uno

Sarebbe bello vivere una favola.
CORTO MALTESE

Due mesi prima. Cagliari, 24 dicembre 1981.

Non c'è niente da fare. I guai succedono sempre di notte. In questo piccolo ufficio a due passi dal porto di Cagliari, uno dopo l'altro, dalle sette di sera fino alle sei del mattino, facciamo a turno per montare la guardia e intanto ascoltiamo i bollettini nautici aspettando che accada qualcosa. Dicono che il tempo sia il più grande dei tesori ma vale solo per la gente che non ha un bel nulla da fare. Invece, per noi che siamo costretti ad assecondarne i capricci, lo scorrere inesorabile delle lancette è un'enorme scocciatura, fine pena mai. Per un tempo che sembra infinito c'è solo questo, un silenzio a farci compagnia, rotto ora dal gorgogliare della moka, ora dal rumore dei gusci di noce in frantumi, ora dal frusciare delle carte per l'ennesimo solitario, vinto o perso non importa, sopra quel tavolaccio di fòrmica bianco tutto scheggiato, illuminato da una singola lampadina da sessanta watt che gli pende sopra, oscillando al vento che si intrufola dagli infissi di legno, in balìa delle intemperie. Questa stanzetta è la sede operativa principale della Siresa Mare Spa, ovvero la Società Italiana Rimorchi e Salvataggi che coordina una flotta di tre rimorchiatori: *Gladiatore*, *Mastino*, *Varazze*. Siamo uomini di mare, gente senza fronzoli. Gli arredi sono decisamente spartani. Nella prima stanza il pezzo forte è un divano letto rivestito da un tessuto marroncino, ormai liso dall'usura; accanto, una grande finestra si affaccia sul porto di Cagliari. Nella stanza adiacente, un angolo cucina con due fuochi, un piccolo frigo pieno di birre e acqua gelata e questo tavolo, buono sia per mangiare che per stendere le carte nautiche, decidendo in fretta la situazione in caso di emergenza e, infine, un pavimento di legno scuro piuttosto dozzinale che ne ha viste di tutti i colori mentre la salsedine aggredisce l'intonaco e si sente un persistente odore di umidità che con le finestre chiuse ti prende alla gola. Pareti bianche e nemmeno un quadro appeso, solo un calendario sul quale segniamo a penna i nostri turni. E questo è tutto.

Stasera la guardia la monto io. Non era il mio turno, in effetti, ma Brigitta non c'è e non avevo troppa voglia di rimanere mentre tutti stavano a tavola con la cena di magro e gli spaghetti alle vongole. Ho preso la sacca Spalding, al cui interno è stata cucita un'etichetta con i miei dati: *Achille Vitale. Nato a Palermo, 15 luglio 1951*, e me la sono messa in spalla. Nella mia testa c'era aria viziata, aria di brutti pensieri, e così prima di uscire sono andato in terrazza per fumare un'altra sigaretta in santa pace. Nel frattempo, ho controllato che lo sgabuzzino con dentro le bombole per le immersioni fosse ben chiuso e che il rosaio e il suo graticcio fossero protetti con i teli di plastica. Già che c'ero, ho verificato che nella borsa ci fosse tutto: la tuta bianca da lavoro con la zip, i guanti di crosta, la torcia con le pile cariche, il coltellino svizzero multiuso, una maglietta bianca di ricambio, la carta nautica della Sardegna e un pullover di lana perché in mezzo al mare fa davvero freddo. E poi tre pacchetti di sigarette, Muratti Ambassador. Il mio VHF portatile e una piletta di gettoni del telefono, ovviamente.

Non mancava nulla. Ho spento la cicca e mi sono chiuso alle spalle la porta di casa in via Riva di Ponente. Ho fatto un giro largo, senza fretta, e dopo aver attraversato Cagliari in silenzio, passando sotto i palazzi con le luci di Natale appese ai balconi, a bordo della mia Renault R4 di uno sgargiante rosso fuoco, ho dato il cambio a Carmine. Figuratevi com'era contento di poter tornare a casa. Mi ha accolto con una smorfia incredula e un sorriso, ha raccolto le sue cose in fretta – la *Setti-*

mana Enigmistica, la matita e la penna con cui ricalca le risposte giuste perché ci tiene a non fare brutta figura – ed è uscito prima che potessi cambiare idea.

Due

Le storie di mare esistono
solo nel momento in cui si raccontano.
Jean-Claude Izzo

Mi giro. Lei è qui. Il viso rivolto verso di me. Una cascata di capelli biondi sul cuscino, le ciglia corte e quelle iridi scurissime che catturano tutto.

«Ciao bello».

Sorrido.

«Mi dici ancora quella cosa sui miei occhi?».

Mi stiracchio. Brigitta passa una mano sul mio petto, le dita sul torace scivolano sui peli ricci, senza fretta.

«I tuoi occhi farebbero crollare il Muro di Berlino».

«Achille dài, non dire stupidezze».

Mi piace quando Brigitta storpia la pronuncia, la sua voce con l'accento straniero si incrina appena, scivola sugli accenti, sorvola sulla sintassi. Guardo verso la finestra, è buio. Là fuori, Venezia dorme ancora. La laguna benedice i nostri peccati e lei sospira, poggiando la testa sul mio petto in questa minuscola casa nel sestiere Dorsoduro, in campo Santa Margherita. Sotto il lenzuolo è nuda, come sempre. Lascia scivolare la coscia contro la mia, lentamente. Pelle contro pelle. Sente la mia voglia crescere, pregustando l'attesa.

Fin dal primo giorno, fin dalla prima volta, quando l'ho vista seduta di spalle su una bitta lungo le Zattere, giochiamo al gioco più antico, quello della seduzione e, se devo dirla tutta, non credo a una parola proferita dalle sue labbra rosa e sottili ma quando si volta, mi guarda e sussurra *Ti amo*, lo ammetto, io non capisco più niente.

Lei è il mio posto delle fragole, il mio miracolo di Santa

Rosalia, la quaterna secca su tutte le ruote del Lotto. Alza il viso, mi guarda negli occhi, tira fuori uno sguardo furbo e improvvisamente dall'altra stanza arriva una voce.

«Papà, devo andare in bagno!».

Mi giro di scatto. Nina? Quando mi volto Brigitta è scomparsa.

«Papinooo, sveglia».

Ma che succede? Dov'è finita Brigitta?

«Mi scappa!».

«Eccomi, arrivo! Ma dove sei?!».

Esco dalla stanza da letto. Mi guardo i piedi, ora sono vestito di tutto punto e dopo un paio di passi, anziché trovarmi nel corridoio di casa nostra, mi ritrovo in uno stanzone con le pareti bianche.

«Nina!».

«Papino». Mi corre incontro da lontano nel suo pigiama rosa. «Non lo senti questo rumore?».

«Che rumore?» dico mentre tendo le mani, la afferro e la prendo in braccio. «Hai visto uscire la mamma? Era accanto a me…».

«Papino, ti stanno cercando».

«Hai fatto un brutto sogno?».

«Papino, promettimi che non ti metti nei guai».

«Perché dici così, Nina?».

«Devi svegliarti» mi sussurra all'orecchio e mentre lo dice la sua voce assume una strana sfumatura metallica.

«Cosa?».

«Svegliati, papino!».

Mannaggia, m'ero addormentato veramente. Sono crollato mentre leggevo *Una ballata del mare salato* con la faccia spalmata sulle pagine. Qui il tempo non passa mai e io, che non amo fare i solitari, leggo sempre Corto Maltese, è la mia passione. Conosco praticamente a memoria tutte le avventure a fumetti del marinaio gentiluomo con la sigaretta sempre accesa, nato dal genio di Hugo Pratt, ma questa qui, il suo esordio assoluto e l'incontro con Pandora, con la ghirlanda di fiori al collo e quell'aria impenitente, non mi stufa mai. Intanto il telefono sta squillando furiosamente. In piena notte, il suono rimbomba sulle pareti ed esplode in cucina manco fossero le campane di Gerico.

«Ingegnere!»

«Eeeh...».

«Ingegnere, sono Davide. Ho appena preso un SOS, c'è una nave abbandonata dall'equipaggio al largo di Oristano».

«Ma che mi stai dicendo?!».

«Bisogna fare presto!».

Presto, d'accordo, ma senza coordinate dove cazzo andiamo? Mi accendo una sigaretta e metto su il caffè. E il pensiero vola fino a Nina. Non la vedo da un bel pezzo, con le sue codine, sempre sul punto di lasciar esplodere il sorriso sul viso. Chissà cosa sta facendo adesso, magari sta già dormendo, magari sogna il suo papà. Adesso che ha sei anni, sarò ancora il suo eroe? Mi alzo, passeggio in tondo nella stanza, prendo la forchetta da un cassetto e vado a colpo sicuro. Nella padella sul fornello c'è ancora qualche boccone della frittata di scammaro: linguine, olive, uvetta e nemmeno un filo d'olio. Anche fredda è una delizia. È il pranzo di Natale dei poveri, fatto solo d'avanzi. Questo piatto lo preparava sempre mia madre e stasera, per la cena di magro, chissà che sontuoso menù c'è in tavola a casa nostra, a Palermo. Sposto le tendine bianche. Notte fonda e fuori tira un vento che piega in due gli alberi.

È maestrale.

Storicamente, i nomi dei venti richiamano la loro provenienza, le terre e gli specchi d'acqua che attraversano. Sono sempre stati pericolosi e, secondo il mito, persino il distacco della Sicilia dal continente sarebbe colpa loro. O almeno, questo è ciò che mi ricordo dai libri di scuola. Sul tavolo c'è un fermacarte con una placca di bronzo su cui è incisa la Rosa dei venti. La prendo in mano ed eccolo lì, il mistral, il vento che soffia da nord-ovest, spirando direttamente da Roma, la via maestra; secondo altri, invece, proviene dalla direzione di Venezia. Maestrale, o mistral, è un vento freddo che taglia in due l'orizzonte, straccia le vele e spinge le imbarcazioni dove gli pare, facendole scarrocciare senza tregua. In poche parole, stanotte sono cazzi.

Mi alzo, scosto dal muro il calendario del 1981, sotto c'è già pronto quello del nuovo anno. Il fumo della sigaretta brucia in gola e sul tavolo c'è il giornale di oggi, *L'Unione Sarda* del 24 dicembre. Mi accosto per leggere meglio, il titolone strilla: "Ora si teme l'invasione russa" riferito alla situazione della Polonia. Accanto c'è spazio per il rapimento del proprietario di TeleCostaSmeralda. Una brutta storia. E subito sotto una vignetta sul Natale in Sardegna. Squilla il telefono.

«La nave è partita da Port Mahon, a Minorca, ed era diretta ad Atene ma se l'è presa il maestrale e adesso la sta spingendo contro gli scogli».

«Cazzo».

«L'equipaggio riferisce di aver legato il timone e la nave sta filando verso Oristano. C'è mare forte e i bollettini dicono che tenderà a peggiorare. Ora come ora non sappiamo dove andrà a finire...».

«Va bene, graz...».

«Ingegnere?».

«Dimmi».

«Auguri».

«Eh, anche a te, anche a te. Davide, aspetto le coordinate, mi raccomando».

Davide fa i turni di notte a Radio Cagliari e prende tutte le richieste di soccorso dal mare. Chiama la Capitaneria di porto ma avvisa anche noi. Ha un buon accordo con il titolare della Siresa Mare Spa – *il Cavaliere* –, che gli passa dei soldi che lui si merita tutti: senza le sue soffiate saremmo arrivati sempre troppo tardi e invece di essere un'avviata ditta di salvataggi in mare saremmo rimasti al bar a giocare a scopetta, a farci crescere la barba e la pancia a furia di mangiare piatti di malloreddus alla campidanese. In ogni caso possiamo fare affidamento sul Loran, un'antenna direzionale che usa un sistema di radionavigazione tramite onde radio LF a bassa frequenza. È il modo perfetto per intercettare le comunicazioni fra la nave in difficoltà e l'armatore, per decidere in fretta dove andare senza perdere troppo tempo, evitando di sprecare nafta e soprattutto di rischiare la vita inutilmente. Cercare una barca in mezzo al mare è un'impresa quasi impossibile. Uno scafo è solo un puntino su una distesa d'acqua, già per tentare di giorno servono ottime ragioni, farlo di notte e durante una maestralata rasenta la follia. Ma è inutile lamentarsi del menù della casa. Accendo la radiolina sul tavolo. È una lunga caccia, giro lentamente la manopola, cerco la frequenza radio per beccare le comunicazioni della capitaneria o dell'equipaggio. Dipende tutto dal vento, dal giro che fa e se qualcuno ha voglia di parlare. Se è abbastanza disperato o impaurito per farlo, perché dicendo qualcosa a frequenze aperte è impossibile proteggere i segreti. E chi vuole, ascolta. Continuo a cercare, fra radioamatori francesi e piccole radio sarde serve un mucchio di pazienza. Un paio di volte ho l'impressione di aver fatto centro ma saltano fuori dialetti arabi incomprensibili e all'improvviso le note acute e malinconiche di *Maledetta primavera* che doveva vincere Sanremo quest'anno e invece no. Mentre aspetto le coordinate, tiro fuori la carta nautica dalla borsa e la stendo sul tavolo, fermando un angolo con il posacenere già pieno di cicche e l'altro con la Rosa dei venti. *Guarda qua quest'isola quant'è grande e come sa essere aspra*, dico ad alta voce, parlando con i muri e a me stesso. Sì, ogni tanto lo faccio, mi serve per tentare di mettere ordine nei pensieri. Lascio scorrere i polpastrelli lungo la costa, seguo i contorni, le rientranze e i golfetti, come uno scolaretto all'esame della patente nautica provo a ricordare a memoria scogli e secche, trappole in mare per qualsiasi nave in giornate di libeccio, figurarsi stanotte con questo vento esagerato che strepita come un marito accecato dalla gelosia. *Ora chissà questa nave dove cazzo si sarà andata a cacciare*, dico a voce alta. Ma non c'è nessuno che mi risponda. Prendo un altro caffè nel solito bicchierino di plastica. *Che schifezza*. Poggiare le labbra sul bordo sottile, sentire il calore sui polpastrelli, in bocca quel gusto amaro e poi accartocciare il bicchierino e buttarlo via. Ripeto questi gesti, dieci, quindici volte al giorno ma la verità è che fa parte di un piccolo rituale scaramantico. Fa schifo sì, ma non saprei farne a meno. Intanto mi accendo un'altra sigaretta che senza, a quest'ora, la testa proprio non funziona e mentre il fumo disegna le sue volute azzurrine, si arrampica su per il mio volto per poi salire sopra la spalla, mi sposto verso l'interno della carta con lo sguardo, seguendo la strada passo dopo passo in punta di dita, partendo da Cagliari e risalendo fino a Oristano, percorrendo la SS131, la Carlo Felice. L'unica strada che c'è. A quest'ora non c'è mai anima viva, figurarsi la notte di Natale. E intanto, fuori dalla finestra, al di là del vetro, il maestrale urla e fischia, fa quasi paura. Stanotte c'è aria di tarantella e se proprio ci tocca, vorrà dire che balleremo.

Squilla ancora il telefono. No, non c'è pace per i dannati.

«Davide».

«Ingegnere, gli elicotteri della Capitaneria di porto stanno andando a recuperare l'equipaggio. La nave si chiama *Izmir*. È un cargo di novecento tonnellate. Ecco le coordinate dell'SOS: 40°20'32.3"N 8°22'09.6"E».

Me le detta e mette subito giù. Le appunto sulla carta nautica. Ora tocca a noi. Questa *Izmir* magari è un ferro vecchio, un peschereccio scalcagnato e mangiato dalla ruggine che si è già frantumato sugli scogli ma non ho scelta, bisogna chiamare tutti gli altri e mettersi in macchina. Il tempo è cruciale per ogni singolo salvataggio. *Tanto, con la fortuna che ho*, dico mentre schiaccio la cicca e afferro la cornetta del telefono, *questa nave sarà già sul fondale a fare arredamento, in balìa di alghe, murene e conchiglie*. Ma sono un uomo di mare, mi carico il rischio sulle spalle come fosse un pesce spada, devo essere pronto a fare i conti con il diavolo che ci mette sempre la coda. E intanto la mia mano, rispondendo a un istinto primordiale, batte tre volte sul legno del tavolo per una genuina, incrollabile e stupida superstizione.

Il primo da chiamare è proprio Carmine. Peccato, avevo fatto una buon'azione spedendolo a casa dalla moglie e i bambini. Guardo il display del Casio al polso, sono già passate un paio d'ore ma non è ancora mezzanotte. Avrà fatto in tempo a mettersi a letto, poveraccio. Prima però sarà passato dal frigo. Immagino sua moglie Maria che gli apre la porta, felice dopo essersi rassegnata all'idea di passare da sola la notte della vigilia, un abbraccio, un bacio, lui versa due bicchieri di vino di Gragnano, freddo e frizzantino, mentre lei frigge due melanzane per una parmigiana sciuè sciuè, accompagnata dai friarielli ripassati in padella. Sorridono beati, mentre fuori tira il maestrale con i bimbi già a letto pronti per svegliarsi all'alba e scartare i regali. Pensavi di averla sfangata, Carmine mio, e invece. Quante volte abbiamo fatto notte nell'ufficio e ci siamo rotti la testa parlando di futuro e di donne? Tutte cose di cui, siamo onesti, ci capiamo poco. I tuoi consigli da amico e io che faccio come mi pare. Tu con una parola buona per tutti e io con lo sguardo sempre incazzato.

«Ingegnè!».

Risponde al terzo squillo. E già sa che sono io. Chi altri

potrebbe chiamarlo a quest'ora? Ha la bocca impastata di sonno fresco, quello pieno di sogni.

«Stavi dormendo? ».

«Nooo, m'ero appoggiato un attimo…».

«Mi spiace Carmine…».

«Ok».

«Così vanno le cose stanotte, che te lo dico a fare, spicciati e copriti che tira il maestrale!».

Poi tocca a Georgos, il marinaio. Anche lui, come me, ha i capelli ricci e neri. Io amo radermi a giorni alterni, mi piace sentire la pelle fresca quando ci appoggio contro la mano mentre Georgos – con la pelle olivastra, di un colorito intenso – ha una fitta barba che riempie il viso, incombe sugli zigomi e si spinge quasi fin sotto le orbite. È più basso di me, sarà intorno al metro e settanta ma con un corpo massiccio. Il torace e le spalle sono un trionfo di muscoli come quelli dei soldati americani che sterminano gli indiani nei film alla televisione. Non brilla per intelligenza ma è uno di quelli che non molla mai la presa. Risponde al telefono e senza parole di troppo gli dico di darsi una mossa che abbiamo da lavorare, (*sì anche stanotte!*) e alla fine, mentre là fuori il vento scuote i vetri, chiamo Efisio, il nostro operaio tuttofare. Originario di Arbatax, che lui chiama Arbatassa, con quella pronuncia secca e roca tipica dei sardi. Efisio è come un salvavita, mette mani ovunque e svuota la sentina a occhi chiusi ma ha un carattere pessimo. Persino peggiore del mio. Del resto, due isolani, un palermitano e un arbataxino hanno le teste troppo dure per andare d'accordo. Risponde al telefono con il suo solito tono svagato.

«Eja ingegnere…».

«Stai dormendo?».

«Sei rimasto solo la notte di Natale e non sapevi chi chiamare?».

«Efisio, muoviti».

«Che?».

«Dobbiamo andare».

Non dice nulla ma il respiro si accorcia e si fa più pesante sulla cornetta. Me lo vedo che aggrotta le sopracciglia nere e folte, rabbuiandosi come un cielo che si riempie di nuvoloni.

«La notte di Natale!».

«Efisio, non mi fare incazzare. Faccio il giro largo, fatti trovare al portone. E non ti dimenticare la borsa con gli attrezzi, come l'altra volta!».

«Una volta sola è success...».

Ma ho già buttato giù. Mi devo ricordare di dirgli che gli ho regalato dieci minuti di sonno chiamandolo per ultimo. E adesso, mentre gli concedo il tempo per prepararsi, torno alla carta nautica, prendo il compasso e calcolando prima la scala delle latitudini e poi quella delle longitudini vado alla ricerca delle coordinate per scovare l'ultima posizione comunicata, il punto nave. Lo traccio sulla carta con una X, a ridosso della costa sarda manco fosse l'isola del tesoro. Poi mi sollevo, stiro la schiena e vedo che la posizione è molto vicina allo Scoglio di Marargiu. Sì, sarà una nottata complicata.

Ormai la Capitaneria sarà in stato di allerta, chissà se è di turno il tenente di vascello, Zeno Parodi. Lui triestino, io palermitano, abbiamo entrambi gli occhi pieni di mare anche se da latitudini e prospettive diverse. Scapolone trentacinquenne e senza nessun progetto di famiglia, Zeno è stato trasferito da Genova e in questi ultimi mesi spesso e volentieri ci siamo attardati davanti a un bicchiere di mirto ghiacciato. Zeno, come direbbe mio padre in siciliano, "*avi i'cuorna ruri*", ha le corna dure, un carattere testardo. La conferma è arrivata circa un mese fa: quella sera mi ha chiesto di aspettarlo a fine turno e quando è arrivato al solito bar, a due passi dal porto, era stremato, con le occhiaie e senza l'ombra della sua consueta faccia da schiaffi.

«Achille, ti sei accorto di niente di strano?».

«Parecchie cose. Tu cosa vai cercando?» ho risposto al volo, aggiungendo un sorriso per stemperare. Ma non era aria.

«Arrivo adesso dalla Capitaneria, abbiamo avuto una giornata impegnativa, il numero di sequestri di carichi sospetti in tutta Italia è schizzato alle stelle...».

«Ma non ho letto niente sul giornale» ho replicato indicando una copia de *L'Unione Sarda*, tutta spiegazzata sul bancone e ferma sulle imprese calcistiche del Cagliari, con Gigi Piras nel ruolo di cannoniere.

«Domani uscirà un'inchiesta e un mucchio di foto. Con il supporto della Guardia di Finanza abbiamo fermato un carico di armi da Marsiglia verso Atene, c'erano un sacco di pistole, fucili, caricatori...».

«Anticaglie svendute al miglior offerente?».

«Macché, decine di casse di roba tutta nuova, Walther P38 e mitragliette Uzi avvolte in canovacci e ben oleate. Pronte all'uso».

«Cazzo».

«È stato un bel colpo» dice, e gli scappa una smorfia che non è ancora un sorriso. «Hanno telefonato dal ministero dell'Interno per elogiare l'operazione ma siamo stati fortunati. In questi giorni ci sono stati diversi sequestri simili nei porti di Napoli, Gioia Tauro e Civitavecchia... però i contrabbandieri sono furbi e pare che stiano puntando su motoscafi veloci per i piccoli carichi e contemporaneamente su dei vecchi cargo, nascondendo il carico nella pancia di navi dall'aspetto comune, insospettabile».

«Un bel casino».

Siamo usciti dal bar a prendere aria. Lui ha slacciato il nodo della cravatta sulla camicia bianca e nonostante l'aria fresca si è tolto il berretto e ha ripiegato sul braccio la giacca della divisa su cui spiccano all'altezza delle spalle le mostrine dei gradi: nel suo caso, tenente di vascello, due strisce e un nodo o, per dirla in gergo marinaro, "un giro di bitta e due spaghetti". Ci siamo trovati a passeggiare sulle banchine del molo, fra cime che stridevano al ritmo della risacca e gatti randagi che fuggivano, intimoriti dal rumore dei nostri passi.

«Lo vedi con i tuoi occhi, il traffico in mare è aumentato e in Capitaneria non abbiamo i mezzi neppure per perquisire tutte le navi che attraccano a Cagliari, figurarsi quello che transita al largo delle coste sarde, diretto verso l'Africa, la Francia, la Grecia o chissà dove. La verità è che nei container può esserci dentro di tutto e quelli hanno mezzi economici per organizzare nuove spedizioni...».

«Quelli chi?».

«Difficile a dirsi, ma le indagini sono in corso. Però stasera devo chiederti un grande favore...».

E fu così che il tenente di vascello Zeno Parodi mi ha chiesto di tenere gli occhi aperti, e se per caso durante i salvataggi avessi notato qualche stranezza...

«Ad esempio?».

«Stranezze. Casse che non risultano nella bolla di carico, personale non dichiarato a bordo o qualcosa che non ti suona, tu prendi il VHF, chiami e noi interveniamo subito».

«D'accordo».

Mi stavo cacciando in un guaio? Ma d'altra parte, come potevo tirarmi indietro, come potevo farmi i fatti miei in quella città che mi aveva offerto una seconda chance? E soprattutto, come potevo tradire il mare?

Zeno mi ha sorriso, un sorriso pieno di stanchezza e gratitudine.

«L'unico modo è quello di risalire alle compagnie di navigazione che mettono in piedi tutto il circo e muovono i soldi. Tanti soldi. Tieni gli occhi aperti, Achille. Casse di armi e munizioni significano decine, centinaia di milioni di lire che viaggiano indisturbate sotto il nostro naso, al largo delle nostre coste o magari anche qui, a Cagliari...».

Gli ho poggiato la mano sulla spalla per rincuorarlo.

«Conta su di me».

«Un paio di occhi senza divisa significano tanto. Tu puoi fare qualche domanda e tenere d'occhio con discrezione, senza farti notare. Ma stai attento Achille, non c'è bisogno di fare l'eroe. Questa è gente pericolosa. Gente che spara».

Intermezzo

E andrò lontano, molto lontano, come uno zingaro.
Arthur Rimbaud

Nel frattempo, al largo della costa sarda mentre infuria il maestrale…

Gli elicotteri arrivano all'improvviso, cavalleria rombante che scende dal cielo. Un attimo prima sono soltanto una eco troppo lontana, in una buia notte in cui la luna gioca a nascondersi e poi fa capolino, fra strati, nembostrati e cumuli, celandosi e mostrandosi, capricciosa, come sempre. Prodigio della tecnica, in gergo questi velivoli si chiamano "Libellule" per via della struttura esile e della cabina di vetro, capace di muoversi a pochi metri dal pelo dell'acqua. Con le loro eliche sottili e precise che fendono l'aria e mandano in frantumi i legami molecolari, rappresentano la concreta risposta alle disperate preghiere lanciate verso il cielo da marinai in cerca di salvezza; per ore e ore le lame di luce dei loro fari dorati hanno perlustrato il mare nero, spazzandolo da destra a sinistra come un predatore impazzito, finché, rompendo le nubi, le Libellule piombano insperate proprio sopra le teste di questi uomini di mare, spaccandone i timpani con il rombo dei motori e il sibilo dei rotori, accecandoli con le luci che brillano e danzano sul ponte, avanti e indietro, mentre loro si abbracciano e si stringono l'uno con l'altro. L'incubo sta finendo, gli abissi dovranno attendere il prossimo appuntamento per ghermire quelle vite; i fari potenti rivelano le dense macchie di nafta e il rumore delle onde che schiumano contro lo scafo della nave a tratti sovrasta quello monocorde del motore della libellula. Le gole dei marinai sono graffiate dalle urla, dall'esplosione di terrore e *gioia. Il velivolo staziona ad appena quattro, cinque metri, si mette sulla verticale, a velocità zero, librandosi come un colibrì, una scatola di metallo che diventa piuma con i flutti che quasi arrivano a sfiorarne pericolosamente la struttura e le braccia protese per tentare d'afferrarlo. Un rapido conteggio dei piloti dall'alto, confermati dagli appunti con le coordinate dell'*SOS *e il numero dei marinai da trarre in salvo, incassando un cenno dai copiloti. Sì, l'equipaggio della* Izmir *è al completo. Nessuno di loro si è gettato tra i flutti, per fortuna. A mare la paura fa novanta eppure, chissà come, sono riusciti a reprimere il più naturale degli istinti, quel panico che ti morde lo stomaco, ti afferra alle gambe e ti spinge a commettere imprudenze, cedendo alla legge di natura anziché alla ragione. Del resto, con questo mare burrascoso, quella scelta non avrebbe rappresentato la salvezza ma la fine dei giochi, inghiottiti dalla tempesta rabbiosa, trascinati giù, fra le figlie di Nereo, nel regno di Poseidone, infilzati dal suo tridente, gettati nell'Ade senza speranza alcuna. E invece, uno dopo l'altro, con le mani tremanti, piagate dal freddo e dalla pioggia, segnate da interi lustri in mare, questi otto uomini si issano lungo le funi spesse, raggiungono l'insperata salvezza mentre le cabine degli elicotteri oscillano, danzano pericolosamente scosse dal vento, rischiando di venire investite dai flutti. Oh sì, sarebbe una gran beffa morire proprio adesso. Tutti loro, uno per uno, lo stanno pensando, lambiscono il panico che li culla in un gelido abbraccio. Ma non accade. Ultimo, com'è giusto che sia, tocca al capitano. Le sue dita bagnate, irrigidite dal vento che tira a più non posso, afferrano i lembi nodosi della canapa intrecciata, viene tirato a bordo, e intanto lancia un malinconico, finale e disperato sguardo alla sua nave che abbandona in balìa dei flutti, verso un destino infausto con le coste rocciose che già si profilano all'orizzonte, laggiù.*

Tre

La passione è il ponte che ti porta
dal dolore al cambiamento.
Frida Kahlo

Eccoci in macchina. Io, Carmine, Georgos ed Efisio. Io sono il direttore tecnico, Carmine è il direttore di macchina, Georgos il marinaio ed Efisio l'operaio. In quattro dobbiamo far fronte alla prima emergenza e poi, in caso di bisogno, chiameremo i rinforzi. In ogni caso nella R4 più di questi non saremmo entrati e già così siamo stretti nelle nostre giacche e gli attrezzi per il pronto intervento. Ci passiamo un thermos di caffè, forte e con tanto zucchero, per combattere il freddo pungente che si infila dentro quella scatoletta di macchina e sorso dopo sorso finisce quando ancora non siamo nemmeno a metà strada. Altro che cenone. La Siresa Mare Spa se la cavava bene, il Cavaliere aveva dimostrato di avere un certo fiuto piazzandomi lì. E visto come si erano messe le cose, conveniva a entrambi… Pensare che dovevo fare carriera nella Marina Militare. Ero già cadetto a Livorno, pronto per prendere i gradi e invece le cose si erano messe diversamente dopo quella fatidica notte di alcuni anni fa. Dopo il casino combinato a Venezia e quello che mi aveva confessato Brigitta, il nome del Cavaliere saltò fuori all'improvviso, una mattina qualunque al porto mentre rimuginavo sul mio futuro sul molo dell'isola di Torcello.

Già, com'ero finito lì a Cagliari? Com'ero finito a dirigere la Siresa Mare Spa? Il mattino dopo quella fatidica notte di cinque anni fa mi ero chiuso alle spalle la porta di casa in campo Santa Margherita, a Venezia, nel sestiere Dorsoduro. Mentre uscivo ho sentito Brigitta che si spostava nella mia parte del letto. Il suo nome è Ulla, ma giustamente preferisce farsi chiamare così, Brigitta. Le ho dato un bacio sulla spalla e sono uscito con un sorriso amaro sul viso e in bocca il sapore del caffè, bevuto in piedi nella nostra piccola cucina. Fuori era da poco passata l'alba, mi sono fatto guidare dai piedi e dai pensieri, prendendo il vaporetto a fondamenta San Basilio. Mi ha sempre stupito il fatto che Brigitta sembrasse veneziana da generazioni, si muoveva a proprio agio fra calli, sestieri, fondamenta e capitava che si scambiasse rapidi cenni d'intesa con i gondolieri. Poca roba, un sorriso, un saluto, una parola a mezza bocca, nulla di conturbante eppure non mi scivolava addosso. Era normale che una giovane donna svedese originaria di Malmö, innamorata di Venezia e bellissima, non passasse inosservata. Normalissimo, con i suoi occhi scuri, la pelle bianca del colore delle mandorle e quella cascata di capelli dorati. All'inizio siamo stati solo amanti ma rapidamente il rapporto è diventato qualcosa di più serio. Però la gelosia è un fuoco che non si spegne mai e quella lezione l'avrei imparata sulla mia pelle. Quella mattina di cinque anni prima, sovrappensiero e con le nocche ancora scorticate e macchiate di sangue, a bordo del vaporetto ero tornato all'isola di Torcello, un posto in cui eravamo stati felici. Io nel mio paltò di velluto con i ricci al vento e lei, con le labbra sul mio collo, mi sussurrava: «Lo vedi come siamo felici, Achille?».

Così ero tornato su quel molo, sperando che il luogo mi potesse ispirare. Una dopo l'altra ho fumato mezzo pacchetto di sigarette sul ponticello di pietra, il ponte del Diavolo, a due passi dalla Locanda Cipriani. E poi finalmente sono andato a una cabina, ho fatto il numero di telefono che mi avevano dato e mi sono infilato sul treno per Napoli. Ho preso posto sull'ultima carrozza di un vecchio regionale per incontrare per la prima volta il Cavaliere. Sono passati cinque anni da quella mattina. Era il 1976 e la mia vita stava per cambiare ancora una volta.

QUATTRO

Gondoliere ti prego accompagnami a Napoli.
FRANCO CALIFANO

Stanotte la strada corre sotto le ruote della R4, c'è un gran silenzio in macchina che mi aiuta a riannodare i pensieri e torno a pensare a quel viaggio in treno verso Napoli, cinque anni fa...

Il numero era giusto, iniziava con 081. Abbiamo parlato pochi istanti e poi mi ha dato l'indirizzo di casa sua, a Napoli. Direttamente dalla stazione, a piedi, così com'ero salito sul treno da Venezia, semplicemente in camicia e calzoni, ho tagliato la città, scroccando sigarette mentre mi arrampicavo verso Posillipo. La camminata era lunga e mentre le gambe facevano il loro dovere, guardando verso il golfo di Napoli e l'azzurro del mare, mi sono tornate in mente le estati a Mondello.

Io sono nato a Palermo, in via Alloro, la strada che taglia in due il quartiere della Kalsa. Il barocco e la povertà, le baracche e gli sfarzi dei palazzi del centro, i cortili cui si accede da portoni alti due metri e i vicoli in cui si gioca a pallone. Palermo assedia il Monte Pellegrino che incombe dall'alto, ma la città volge le spalle al mare. Perché il mare dei palermitani è un altro, bisogna prendere i mezzi e raggiungere Mondello. Qui tutte le strade portano verso la sabbia e sono stracolme di villette liberty, con alberi e giardinetti che un po' coprono e un po' svelano gli interni. A furia di ricordi, ero risalito verso Posillipo. Lassù, in cima alla collina che domina sul mare, un cameriere in livrea mi aveva aperto la porta di una villa a due piani per poi annunciarmi al padrone di casa che mi attendeva, mollemente adagiato su un sofà basso. Lui fresco, sorridente e riposato. Io stanco, sudato e stravolto.

«Che faccia che tieni! Siediti. Carmelo, portagli una cosa fresca, una gazzosa».

Poi, ancora rivolto verso di me, disse:

«Tira il fiato, figlio mio. Rilassati, vedrai che si sistema tutto».

E dunque, lui cosa sapeva? Il divano d'angora verde bosco metteva caldo solo a guardarlo. Davanti aveva un tavolino di cristallo con un bicchiere e un portacenere pieno di cicche e ai lati, due chenzie, le cui fronde, verde brillante e rigogliose, piovevano dall'alto incorniciando quel quadretto che sapeva tanto di borghesia cafona e arricchita. Chissà se fra le mansioni dei domestici c'era anche quella di lucidarne le foglie. Tutto sommato, era possibile. Il Cavaliere mi era parso un uomo di poche parole, dal sangue freddo, appartenente a quella genia che non perde mai il sonno, uno di quelli che il mare li bagna e il sole li asciuga, se capite cosa intendo. Aveva indosso dei pantaloni blu a zampa, una camicia di lino giallo canarino e dei mocassini con le nappe che penzolavano ai lati. Intanto il cameriere era tornato con un vassoio d'argento con la mia bottiglietta di gazzosa, un bicchierone pieno di ghiaccio e la scorza di limone.

«Limoni che arrivano direttamente da Sorrento» aggiunse il Cavaliere. «Bisogna imparare a godersela, la vita». E rise.

Bevvi metà bottiglietta sotto il suo occhio vigile. Dopo avermi informato che gradiva essere chiamato proprio così, *Cavaliere*, finalmente iniziò a dirmi perché mi aveva convocato.

«Achille, mi dispiace che ti abbiano mandato via dall'Accademia, brutta storia. Si vede che sei un bravo guaglione e che c'hai tutto per fare una bella carriera ma purtroppo… mannaggia… sai come si dice, se i giovani sapessero, se i vecchi potessero. Io non mi sento né giovane né vecchio ma ho messo il pelo sullo stomaco e lasciatelo dire, delle volte le cose capitano per un motivo, persino le disgrazie».

«...».

Sapeva tutto? Dovevo attendere o avrei dovuto chiedergli subito com'era venuto a conoscenza della mia situazione e che cavolo ci facevo a Posillipo? Mi guardava dritto negli occhi da dietro i suoi occhiali a goccia velati d'azzurro, alla maniera di Franco Califano. Le guance piene, la calvizie incipiente con i capelli un poco più lunghi ai lati e sparuti sulla sommità della testa. Si poggiò le mani sul ventre, sulla camicia di lino gialla, e proseguì.

«Ascolta a me che sono più vecchio... la vita se ne fotte dei nostri progetti...».

Intanto la mano sinistra scivolava verso i bottoni di madreperla della camicia sganciando un primo bottone e poi un altro, a memoria, senza alcuno sforzo. Non dissi nulla e lui continuò con il suo filo di pensieri.

«Vedi dove sto? Tu quanti anni tieni?».

«Venticinque».

«Eh, beato a te. Io ho sessant'anni, sono nato a Napoli e voglio vivere tutta la vita mia sotto il Vesuvio. La domenica mi piace prendere il mio motoryacht e magari passo da Prociolone... Sei mai stato da Prociolone?».

«Mmh...».

«Significa che non ci sei stato, altrimenti non te lo scordavi. Sul golfo di Napoli c'è un via vai di barche senza fine, non c'è mai pace, si balla sempre. Ma in una baia c'è questa piattaforma sul mare. Tu ti accosti e maronn', ci sta di tutto. Polpettone, maccheroncini alla siciliana, parmigiana, persino il casatiello. Un sacco di roba da mangiare squisita. Qua i c'ho i cantieri navali, la mia vita è questa, con i miei ricordi ma...».

«Ma?».

«Ma a Cagliari ho messo su una società di rimorchiatori, la Siresa Mare Spa, e ho una squadra di brava gente che ci lavora, battono tutta la costa della Sardegna. Ho tre mezzi potenti di salvataggio. E poi ci stanno operai, marinai, un gruppo di motoristi ed elettricisti, gente del posto, gente di mare perfetta per lavorare con i rimorchiatori e li coordina un bravo direttore di macchina, Carmine, uno con le mani d'oro».

«Cavaliere, con tutto il rispetto, ho preso un treno, ho attraversato l'Italia solo per una telefonata...».

«Perché hai bisogno di lavorare. E io questo cerco. Un uomo giovane e forte che non si mette paura di stare con l'orecchio attaccato alla radio e uscire in mare con qualsiasi tempo per recuperare le navi e rimorchiarle in porto prima che colino a picco, salvando le vite e, ovviamente, recuperando il carico».

«Rimorchiatori?».

«Achille, fammi parlare. A mare, sai, non tutti sono altruisti e animati da buone intenzioni... Nel momento in cui il rimorchiatore raccoglie l'SOS, raggiunge l'imbarcazione e assicura la cima alla barca in difficoltà, petroliera o motoryacht, mercantile o peschereccio che sia, la società ha diritto a una percentuale sul valore del carico e dello scafo, una cifra stabilita dalla compagnia di assicurazione... e non sono bruscolini. Tecnicamente, questa cosa si chiama Convenzione di Bruxelles».

«Un buon business?».

«Sì».

Per tutto il tempo il tono era monocorde, come una litania bassa, ma quel «Sì» giunse chiaro e limpido. Inequivocabile. Intanto aveva sganciato tre bottoni, la camicia semiaperta scopriva una pancia tonda, pelosa e prominente che lui si carezzava mollemente, lasciando che il mio sguardo si posasse su un enorme Rolex tutto d'oro che oscenamente troneggiava proprio all'altezza dell'ombelico.

«Tu vai lì».

«A Cagliari?».

«Eh... Ti trasferisci direttamente da Venezia. A proposito, tieni la ragazza?».

«Sì».

«Meglio, significa che non tieni strani pensieri. Vai a Cagliari, che non è Napoli ma è sempre una città di mare con gente incazzosa ma vera. Ti metto a disposizione un appartamento vicino al porto che ha persino un terrazzino, vedrai, una cosa speciale. Intanto finisci gli studi, chiudi il biennio e diventi ingegnere navale…».

«Onestamente la laurea non è la mia priorità adesso…».

«Achille, un pezzo di carta serve sempre, ascolta a me. Bisogna avere sempre un piano B».

«Lo dice anche Brigitta».

«Chi?».

«La mia… fidanzata».

«E c'ha ragione. E poi se tutto funziona, diventi direttore tecnico. Nel frattempo…».

«Nel frattempo?».

«…controlli che tutto fili liscio».

«Nel senso?».

«Nel senso… che nessuno faccia il furbo o si approfitti di Carmine, che è un uomo di mia fiducia ma è troppo buono con tutti. E finisce che gli mettono i piedi in testa. Ti ho detto» aggiunse continuando a massaggiarsi mollemente il ventre, «che è un bel business. E insomma, Achille, tu sei giovane, sei guaglione, tieni il sangue caldo siciliano e sicuramente ti prenderai cura dei miei rimorchiatori. Si chiamano *Gladiatore*, *Mastino*, *Varazze*».

«…e io ho bisogno di lavorare».

«Eh, ci siamo intesi, lo vedi? Io che sono l'armatore, invece, me ne resto qua» disse sorridendo e battendosi la mano sulla pancia con un rumore secco, come quando si schiaffeggia l'acqua.

«Ma ho bisogno di una persona fidata, uno con il ghiaccio nelle tasche e tu, si capisce subito che sei uno che non si lascia prendere dalla paura. È vero, Achì?».

«Ma perché io? Perché un ex cadetto dell'Accademia e non un uomo di mare già scafato?».

«Achille, le cose succedono. Ma bisogna farsi trovare pronti. E la paga non è male, eh».

Era il momento per chiedergli cosa sapesse di preciso di me e della mia storia ma d'un tratto sfilò la mano dalla camicia e bruscamente si tirò su.

«Dài, andiamo a mangiare».

D'accordo, non era il lavoro che volevo ma la situazione era precipitata in un lampo con Brigitta e l'Accademia da sogno era diventata incubo in un viaggio di sola andata. Ancora non lo sapevo ma avrei trascorso le lunghe notti di Cagliari alle prese con le avventure di Corto Maltese, con l'unica compagnia del caffè riscaldato e delle sigarette e con l'orecchio sempre teso ai bollettini nautici, notti collose e infinite per chiedermi una cosa sola: chi mi aveva suggerito al Cavaliere, togliendomi le castagne dal fuoco ma parcheggiandomi in Sardegna? Chi era stato a fare il mio nome dopo il casino all'Accademia?

Ci siamo stretti la mano, lì nel salotto di Posillipo, poi ci siamo seduti a mangiare in terrazza mentre un venticello fresco saliva dal mare e si portava dietro la salsedine e l'odore della notte. L'indomani con passo svelto sono tornato alla stazione centrale saltando sul primo treno, verso Brigitta.

Cinque

Milady sorrideva, e d'Artagnan sentiva
che per quel sorriso si sarebbe dannato.
Alexandre Dumas

Ho ancora in bocca il sapore del caffè, dalla giacca tiro fuori il pacchetto e mi accendo una sigaretta. Come previsto, il maestrale sta rinforzando, scuote la carrozzeria della R4 e io continuo a filare con i fari che non perdono di vista la strada…

Così, quel mattino di cinque anni fa, un altro vecchio e scalcinato treno regionale mi riportò a Venezia. Ero partito disperato, tornavo indietro dubbioso ma con un futuro possibile in tasca.

La prima volta che vidi Brigitta era di spalle, seduta su una bitta a Dorsoduro. C'è voluto un attimo, un gioco di sguardi per incendiarmi. Prendevo il treno da Livorno e mi catapultavo da lei non appena potevo, un paio di giorni lontano dalle regole dell'Accademia Navale. E poi fare colazione al mattino, ancora avvolti nelle lenzuola umide, con la finestra aperta in quella stanza che lei aveva preso su riva degli Schiavoni, nella stessa pensione, nella stessa stanza al quarto piano in cui aveva dormito Henry James. Venezia era il suo sogno di una vita ma non era stato semplice arrivarci, c'erano stati compromessi e scelte discutibili, incontri piacevoli e uomini da dimenticare. E così prima di fare la modella per le scuole d'arte – posando nuda, con grande naturalezza – aveva lavorato come cameriera, commessa in qualche negozio di anticaglie e ballerina in un club per gentlemen sul Canal Grande; c'erano state stanze luride vicino alla stazione, stanzoni in condivisione con altre ragazze e un paio di bilocali alla Giudecca ma il suo obiettivo era poter dormire, sognare e fare l'amore qui dove uno dei suoi autori più amati aveva soggiornato e scritto.

Lo vedi come siamo felici, Achille?

In piedi sul vaporetto, mentre calavano le tenebre della notte, rivivevo la conversazione con il Cavaliere. Ma lei, la ragazza dagli occhi che incendiano la notte, cos'avrebbe detto di questo brusco cambio di programma? Dall'alba del giorno prima non avevo trovato il tempo di chiamarla da una cabina, ero uscito senza dare una spiegazione mentre dormiva, preso dai pensieri. Appena sono entrato in casa, mi ha fulminato.

«Achille, ma che fine avevi fatto?».

Mi sono avvicinato, le ho preso il viso fra le mani per baciarla. Lei si è tirata indietro. Mentre sentivo il suo sguardo sulla schiena, avevo fatto una moka per ripassare le parole che avevo masticato lungo tutto il viaggio. Aspettando che il caffè salisse mi sono girato a sorriderle mentre dalle finestre arrivava l'odore delle gerbere nel piccolo giardino, mescolato all'aria salmastra di Venezia. E poi, con la tazzina bollente in mano, ho iniziato a raccontarle la giornata precedente – Torcello, la telefonata, il treno, Napoli, il Cavaliere e infine, la proposta di lavoro – condendo il tutto con parole confortanti.

«Salvataggi in mare... rimorchiatori... la radio accesa di notte... Cagliari! Achille... ma che cavolo stai dicendo?».

«Brigitta, lasciami spiegare per bene di che si tratta».

Le parole erano la nostra zattera di salvataggio. Con le parole e con i baci l'avevo sedotta – o forse è avvenuto l'esatto contrario – e adesso dovevano tirarmi fuori dall'impaccio. Sul tavolo c'era il suo vasetto di Vartanush, la marmellata di petali di rose proveniente dal monastero dell'isola di San Lazzaro, uno scorcio di terra armena in laguna. Guardandola dritto negli occhi, decido di giocare le mie carte. Dalla tasca dei jeans tiro fuori una mappa dell'Italia, comprata alla stazione con un'intuizione all'ultimo momento, la stendo davanti al suo sguardo incerto e punto il dito su Venezia.

«Noi siamo qui».

«E dobbiamo andare...».

Lasciando scorrere il dito taglio in due lo Stivale e scivolo lungo la Sardegna, fino a fermarmi sul punto rosso.

«Cagliàri» dice.

«Cagliari» correggo.

Sorrido. E poi sfrutto il fatto che sia rimasta senza parole per attaccare a parlare.

«I rimorchiatori sono imbarcazioni a motore. Sul Canal Grande non si vedono facilmente ma sono simili alle pilotine, hai presente quegli scafi compatti che accompagnano in porto le navi da crociera, aiutandole nelle manovre più complicate, spingendole e marcandole stretto? I rimorchiatori, però, hanno una struttura robusta, una linea bassa sulla poppa che sale verso prua e le pareti dello scafo, le paratie, sono rinforzate da pneumatici per assorbire urti e potersi poggiare contro le navi da portare in salvo. Ma soprattutto hanno un grande cuore, un motore molto potente con il quale devono poter affrontare il mare aperto in qualsiasi condizione, raccogliendo la chiamata di soccorso di motoryacht e di altri scafi più grandi che se finiscono in balìa del mare possono spezzarsi in due o schiantarsi contro gli scogli».

«Sembra pericoloso...».

«Il mare è pericoloso e menzognero, Brigitta».

«Per questo ti piace tanto!».

Spingo le mani verso le sue. Lei si ritrae facendo una piccola smorfia, come a dire: *Non attacca, Achille!* Sorrido, mi accendo una sigaretta, soffio fuori la prima boccata e torno alla carica.

«I rimorchiatori sembrano piccoli ma sono ben corazzati, hanno cannoni antincendio con un getto che può spegnere incendi, e poi argani e verricelli per rimorchiare le navi in difficoltà. I rimorchiatori sono come i supereroi del mare, arrivano quando la situazione si fa davvero brutta e forse anche per questo spesso hanno scafi dai colori sgargianti e portano nomi spavaldi».

«Per esempio?».

«*Maciste*, *Eolo*, *Zeus*. O nel mio caso *Gladiatore*, *Mastino*, *Varazze*».

E sulle sue labbra esplode un sorriso. Finalmente.

«Che nomi ridicoli, Achille».

«Ma comunque» dico prendendole finalmente le mani fra le mie, «lo vedremo presto e ti dirò, sono fiducioso perché le cose arrivano e bisogna farsi trovare pronti. Potrebbe essere un perfetto piano B… Ah, dimenticavo, non ci sono donne a bordo!».

«Achille, non dire stupidezze».

«E allora che ne dici, Brigitta, sarai al mio fianco in questa avventura?».

Lei spegne il sorriso e con i suoi grandi occhi scuri che incendiano la notte mi fissa, senza incertezza.

«Sempre, amore mio».

Nemmeno il tempo di gioire, di prenderla in braccio e volare a letto che ha squillato il telefono. Ci siamo guardati, lei mi ha sussurrato:

«Ti aspetto in camera».

«Pronto?» rispondo seguendola con lo sguardo.

«Achille. Sei arrivato a casa?».

«Ma chi è?».

«Il Cavaliere».

«Ah, buonasera».

«Tutto bene il rientro?».

«Tutto bene. Proprio adesso ne stavo parlando con Brigitta».

«Ottimo. Ci sentiamo presto per organizzare il viaggio a Cagliari così vieni a vedere di che si tratta. E poi ci mettiamo d'accordo per l'affitto, ma senza fretta».

E io che credevo fosse incluso nel lavoro…

Ho messo giù. Intanto, da quel vecchio giradischi che abbiamo in camera da letto le note di una canzone che avevamo scoperto di amare entrambi hanno invaso la stanza in modo sinuoso, strisciando sulle pareti, lambendo i ricordi e aggrappandosi al cuore.

My funny Valentine
Sweet comic Valentine
You make me smile with my heart
Your looks are laughable, unphotographable
Yet you're my favorite work of art.

E lì, in cucina, con i piedi nudi e tutta la stanchezza di quel viaggio addosso, ecco che Brigitta mi chiama a sé con il tono soffice della voce di Chet Baker e le note acute della sua tromba. In fin dei conti le cose non andavano mica male…

Sei

La realtà è scadente.
PAOLO SORRENTINO

Siamo stati felici finché è durata. Giunti a Cagliari, la nostra routine di coppia è cambiata velocemente. Io ero spesso fuori, in mare aperto, a tutte le ore del giorno e della notte, mentre Brigitta restava da sola, in una città completamente diversa dalla sua amata Venezia. Poi è arrivata Nina e, fra alti e bassi, c'abbiamo provato. Oggi continuo a prendermi cura delle sue rose in terrazza, immergendomi con le bombole sui fondali della costa in cerca di un po' di pace ma i ricordi possono essere acuminati come le rocce, pericolosi come una murena che ti punta dalla profondità degli abissi, ingannatori come un bagliore che luccica e ti attira, trascinandoti sempre più giù, dentro le tue stesse paure. Se penso ai sacrifici fatti dalla mia famiglia per spedirmi in Accademia Navale a Livorno, con la speranza di vedermi fare carriera nella Marina Militare…

«Achille?».
«Eh…».
«Che tieni? Stai pensieroso».
«Niente Carmine, tutto bene».
«*'O saccio sultant'io che tiene dint'a capa…*».

E appoggia una mano sulla mia spalla che non passa inosservata a Efisio, seduto in macchina proprio alle mie spalle. Niente da fare, il sardo questo viaggetto imprevisto non riesce a mandarlo giù. Dallo specchietto traballante vedo il suo sorrisetto maligno, un ghigno nel buio di questa fredda notte sarda.

Per fortuna capisce che non è il caso e lo rinfodera ma gliela devo far passare questa voglia di scherzare.

E comunque, l'unico con cui parlo e con cui posso lasciarmi andare a qualche confidenza è proprio Carmine, il direttore di macchina. In pratica, è il responsabile della gestione e della manutenzione della parte tecnica dell'imbarcazione che comprende gli apparati di propulsione ovvero i motori, la produzione di energia – i generatori –, gli apparati di radiocomunicazione e la fornitura di tutte le altre necessità, dall'acqua potabile al condizionamento. Era lui il punto di riferimento del Cavaliere in questa piccola agenzia marittima e quella mattina di qualche anno fa, appena sono entrato nell'ufficio, lui già sapeva che l'avrei sostituito nelle mansioni. Ma l'ha presa bene. Anzi, ora che lo conosco posso dire che gli ho tolto dalle spalle un bel po' di grane e notti insonni ma comunque l'ho scalzato e lui non ha mai fatto una storia e io lo apprezzo anche per questo. Ho trent'anni e, ora che sono diventato ufficialmente il direttore tecnico, quando prendiamo un SOS le decisioni spettano tutte a me. Mio l'onere, mio l'onore. Carmine è dieci anni più grande di me, forse qualcosa di più. Testa pelata e tonda, è grassottello e pure bassino, però ha le mani fatate per tutto quello che è elettrico e meccanico, smonta e monta impianti senza un filo di sudore e senza mai prendersi rischi inutili per fare presto. Ha un cuore nobile ma soprattutto, mentre fuori il mare sta scassando ogni cosa e gli altri buttano l'anima, lui è l'unico che si mangia la mia pasta alla carbonara. Sono soddisfazioni. Quindi, senza bisogno che lui apra bocca, lo so benissimo cosa intendeva dire, mi rimbombano nella testa le sue parole: «Achille, non ci pensare alle donne del Nord, quelle sono diverse, è un problema culturale proprio, lascia fare, andiamocene a Ischia, là ci stanno le terme ed è pieno di turiste tedesche che vengono solo per divertirsi… Fìdati, Achille, femmine inaudite! Ti porto con me a Napoli, ci facciamo prestare un barchino, scendiamo a terra a mangiare due cose fritte e poi quello che succede succede…».

Quando comincia con questi discorsi, solitamente, per non sbagliare, mi porto avanti e lo mando subito affanculo. Ma delle volte penso che ha ragione lui.

Sette

Che cos'è la verità? Esiste?
Giorgio Scerbanenco

Finalmente arriviamo a Oristano. Ci fermiamo in uno spiazzo. Ci sgranchiamo le gambe e ci stringiamo nei baveri dei giubbotti tenendo ferma la mappa nautica con le mani sul cofano caldo. Mentre il vento la gonfia e la fa frusciare, noi facciamo luce per capire che cavolo di strada dobbiamo prendere. Ognuno dice la sua, Carmine propone la SS292, Georgos bofonchia qualcosa – il suo alito è zuccherino, sa di ouzo –, Efisio propone di prendere la strada provinciale.

«Che minchia dici, Efisio».

Figurarsi, sarebbe un'enorme fesseria. Ovviamente la scelta migliore è la SS292, ne seguo i contorni con le dita sotto gli occhi degli altri e non ci sono dubbi. Faccio un cenno a Carmine e ci rimettiamo in macchina ma a questo punto tocca alzare il piede dall'acceleratore, scivoliamo avanti piano e curva dopo curva ci avviciniamo alla scogliera. Sono le undici e volendo faremmo ancora in tempo a mollare tutto e tornare indietro, regalandoci il lusso di passare la mezzanotte a casa. Ma non è cosa, proseguiamo. E finalmente, mentre il vento infuria scuotendo la R4 come fosse una minuzia contro la notte buia e la potenza brutale della natura, comincia la vera caccia. Ci siamo. A ogni ansa, a ogni rientranza, mi accosto sul filo della strada.

Gli sportelli si aprono tutti insieme, e mentre Georgos scende bestemmiando e torna indietro di pochi passi per darci la sicurezza che non arrivi nessun'altra macchina, noi tre ci sporgiamo sul crinale, spingiamo lo sguardo nudo nella notte, verso il mare e la costa, cercando un profilo, un lampo, qualsiasi cosa. Carmine si è portato una torcia ma il fascio, troppo debole, si perde dopo pochi metri, tanto che Efisio non si lascia scappare l'occasione di prenderlo per il culo.

«Ajò! Con quella torcetta dobbiamo sperare che la nave sia in mezzo alla strada, altrimenti ce la perdiamo!

L'altro ride di rimando, bonario come sempre. Hanno voglia di scherzare, io no. Alzo la voce senza girarmi.

«Che bandiera batte?» dice Carmine, cambiando immediatamente il tono del discorso.

«Non lo so. Davide non me l'ha detto».

«Ma la stazza, la sappiamo la stazza?» s'intromette Efisio.

«Circa novecento tonnellate».

Un lungo fischio dell'operaio sottolinea quel numero. Potrebbe essere un bel colpo. Ma una cosa è il dislocamento, la vera e propria pesatura della nave, un'altra cosa è la stazza, una misura burocratica che tiene conto soltanto della capacità di trasporto merci della nave, la sua cubatura e nient'altro. In pratica, più le stive della nave sono capienti, più soldi deve pagare l'armatore. Fra dislocamento e misura di stazza c'è una bella differenza e non possiamo abboccare. Detto ciò, gli uomini di mare uno se li immagina sempre con il pastrano allacciato sulla tolda della nave a prendere gli spruzzi in faccia, con lo sguardo perso verso l'orizzonte e un cuore da leone nel petto, proprio come Corto Maltese. E invece a volte non sono altro che burocrati, azzeccagarbugli, attaccabrighe da osteria.

Nel buio totale provo a prendere dei punti di riferimento, andando a caccia di un bagliore, un'eco, persino d'un rumore di ferraglia contro gli scogli e più andiamo avanti, curva dopo curva, più il rituale si ripete identico – cinque, sette, dieci volte in modo sfiancante – tanto che a un certo punto pagherei persino per vedere le lingue delle fiamme divorare la carcassa di una vecchia nave che sta affondando, chiudendo malamente la partita, rispedendo tutti a casa e amen.

I dubbi restano, il malcontento cresce e si sente dallo sbattere degli sportelli, dai mugugni che si fanno più forti mentre scivoliamo verso la mezzanotte. Il vento aumenta, forza 5, addirittura forza 6, si alzano delle tali folate di maestrale che bisogna tenersi l'uno con l'altro. Andiamo avanti una curva alla volta. Sali e scendi. Sali e scendi. Uno strazio. E proprio in questo momento arrivano i ricordi, flash, immagini che scorrono davanti ai miei occhi e in un lampo mi ritrovo ancora per le calli di Venezia, inseguendo la schiena dorata di Brigitta. Lei si gira a guardarmi, tende la mano verso me e intanto affretta il passo. No, maledizione, non posso distrarmi, non posso lasciarmi prendere dalla risacca, scaccio i pensieri e già sento lo sguardo di Carmine addosso, tanto che accelero e poi inchiodo, lanciandomi verso la prossima curva, scendo con il vento in faccia per pulire la mente. Lei e io siamo praticamente coetanei ma con una storia molto diversa alle spalle. A sedici anni lei ha lasciato casa sua a Malmö e dopo qualche anno ha trovato i soldi per arrivare finalmente a Venezia, arrangiandosi fino a coronare il sogno di quella pensione nella dimora storica, a Palazzo Barbaro. In laguna posava, nuda o vestita, era la Musa dai capelli d'oro. Una volta mi ha detto: «Achille io ti amo ma sono una donna libera».

E io non avevo capito nulla.

Sono passati anni eppure mi monta ancora la rabbia se ripenso a tutti i sacrifici fatti dai miei genitori, le sveglie all'alba e le marce, *sissignore nossignore sissignore nossignore*, le punizioni senza senso inflitte dagli ufficiali solo per il gusto di mortificarci, le esercitazioni ripetute all'infinito… Avevo sopportato ogni cosa, ricacciando in gola la nostalgia di casa e la voglia di libertà, fino a diventare un cadetto dell'Accademia Navale di Livorno. Poi, in un lampo, era finito tutto a carte quarantotto. Per via di quella maledetta notte.

Ma com'è stato possibile?

Basta! La strada è buia, c'è una società marittima che poggia sulle mie spalle e ci sono in ballo un mucchio di quattrini. Il vero business della Siresa Mare Spa l'ho capito un pezzo alla volta. Andiamo in giro per il Mediterraneo a tirare fuori dai guai dei poveri cristi che spesso mi accolgono in preda a crisi isteriche o piangendo, ma la parte succulenta per il Cavaliere arriva dopo aver messo in salvo l'equipaggio. C'è davvero una cosa che si chiama *Convenzione di Bruxelles* e su questa formula si basano i rimborsi assicurativi a livello internazionale. Si parla di vite in mare ma ci sono in ballo anche soldi. Tanti soldi.

Quel pomeriggio colloso a Posillipo, quando ho parlato con il Cavaliere dopo il casino combinato a Venezia, mi ero lasciato entusiasmare, credevo di essere finito fra le pagine di un romanzo di Conrad, a metà fra *Tifone* e *Lord Jim*. O magari, come nelle tavole di Pratt, avrei incontrato un'altra donna affascinante come Pandora, battagliando con Rasputin, navigando sul libeccio nei mari del Sud. Invece, fino a oggi nemmeno l'ombra di una grande avventura e se vogliamo essere sinceri, spesso sono state solo grandi rotture di coglioni, piccoli scafi mangiati dalla ruggine e manovrati con imperizia, finiti in balìa delle onde e della potenza selvaggia del mare che non perdona nulla a nessuno. Ma dopo quella conversazione con Zeno un mese fa, un paio di volte – in porto a Cagliari – ho notato dei movimenti strani, casse che uscivano dalle stive con il favore delle tenebre, motoscafi che si spingevano al largo senza un apparente motivo, sempre allo stesso orario, giorno dopo giorno. Non ho esitato ad allertare Zeno ma credo che la voce si sia sparsa in fretta, del resto quando la posta si alza ci vuole poco a capire se uno gioca con i buoni o con i cattivi.

Intanto, su questa strada buia nella notte della vigilia, il vento se ne frega e non accenna a calare, guardo il quadrante del mio Casio, la mezzanotte si avvicina e noi siamo ancora in macchina, costretti a fermarci a ogni curva. Dobbiamo essere sicuri di non mancare l'avvistamento di questa maledetta nave che ha lanciato l'SOS. Con la fortuna che ho, è facile che si sia spezzata in due e stia già sul fondale. Il tempo è cruciale.

La stanchezza morde la carne. Le mie sigarette se le sta fumando tutte il vento e non so quanto posso reggere prima che Efisio sbotti, stavolta sul serio, dicendo che non è cosa, che dobbiamo lasciar perdere e tornarcene a casa, portandosi dietro anche Carmine che è buono di cuore sì, ma un vero carattere non ce l'ha. E poi, finalmente, poco fuori Oristano, all'altezza della Torre di Pittinuri, scorgiamo un profilo, la traccia di chiglia che intercetta la luna e risplende, rimandando un bagliore sinistro, una lama di luce che appare e scompare, manco fosse un vascello fantasma, rubandosi tutta la luce del cielo per poi svanire dall'altra parte della notte. Possibile? Mi tirano la giacca, le urla di Carmine nelle orecchie – «Che ciorta che tiene il Cavaliere!» – e sì, cazzo, incredibilmente, eccola lì, infilata in una golfatina a nord, proprio sulla spiaggia di Santa Caterina di Pittinuri. In culo al mondo, contro ogni logica. La nostra nave, eccola lì.

Otto

Io sono il Pacifico. E sono il più grande.
Hugo Pratt

Dopo averla inseguita con gli occhi, curva dopo curva, finalmente ce la troviamo davanti. Freno e già Carmine ha lo sportello aperto e un piede a terra. Corre sulla spiaggia, è basso e chiatto ma ha il piede lesto il ragazzo e noi ci affrettiamo dietro lui. La borsa Spalding mi sbatte sul fianco, il tintinnio metallico e inconfondibile dei gettoni e il tonfo del VHF che rimbalza mentre i piedi affondano nella sabbia umida. Grande come un walkie-talkie, il VHF ha un display LCD giallo ambra su cui spiccano, nere, le cifre della frequenza radio, la potenza del segnale e il volume di ricezione. Sulla sommità c'è una manopola per accenderlo o spegnerlo e ovviamente l'antenna, nera spessa e flessibile perché fatta di gomma. VHF sta per Very High Frequency, frequenza molto elevata, a indicare una comunicazione che avviene su onde radio ultracorte. Le trasmissioni in VHF sono dirette e devono fare i conti con gli ostacoli e la curvatura terrestre, non essendo abbastanza potenti per propagarsi negli strati più alti dell'atmosfera e poi ripiombare giù.

Eccolo il mercantile, si alza sopra le nostre teste. Lo guardiamo, baciato dalla luna che gli dona una sfumatura metallica. Maestoso. Lo scafo è dipinto di nero e sul bordo superiore c'è una fascia rosso cadmio ormai stinta, tirata via dal vento, dalla mancanza di cura. Il cassero a poppa e due stive refrigerate, le fiancate grattate dal tempo inclemente hanno grosse macchie di ossidazione e ruggine. La poppa fortunatamente è ancora immersa in acqua, l'elica a prima vista sembra pescare bene e il nome della barca, dipinto a grandi lettere d'acciaio sporgenti di una ventina di centimetri, è stato cancellato dal tempo e dall'incuria. La vernice è scrostata ma si legge ancora qualcosa. *Izmir*. E poco sotto: *La Paz*.

Ecco il nome e la città di registrazione del cargo nel registro navale internazionale.

«La Paz. Ma dove cavolo sta La Paz?» dice Carmine. «Pensavo che ci saremmo trovati per le mani un cargo greco, francese o magari turco. Ma La Paz, che è? Dove si trova?». E dicendo così indica la poppa. Arrampicata sul pennone, afflosciato su se stesso, c'è un drappo tricolore. Rosso, giallo e verde.

«Camerun?» dice Georgos.

«Boh» replica Efisio. «Che ci fa qua una nave battente bandiera camerunense?».

«Forse Ghana o magari Libia?» ipotizza Carmine.

«No, no. Liberia? O Egitto. Oppure, Irlanda?!» spara a caso Georgos.

«Sì vabbè, ci manca solo la Svizzera. Ragazzi, c'è scritto La Paz, non Ginevra o Il Cairo. La Paz è la capitale della Bolivia» dico serafico, chiudendo la questione e facendo tornare il silenzio nella caletta. Come se fosse la cosa più normale al mondo trovare un cargo alla deriva nella notte di Natale in una golfatina fuori Oristano. E per di più, con la bandiera di uno stato semisconosciuto dell'America del Sud. Argentina o Brasile d'accordo, ma la Bolivia?

Mentre sento i loro sguardi perplessi puntati addosso mi concentro sul nome. *Izmir*, il nome turco di Smirne, uno dei maggiori porti sulla costa. Vuoi vedere che questo è un cargo turco, rivenduto al miglior offerente?

«Scusa, Achille» Carmine torna a farsi sotto. «La Paz? Bolivia? Ma sei proprio sicuro?».

Abbiamo una nave da salvare ma se continua così, non la finiamo più. Gli poggio una mano sulla spalla.

«Fidati Carmine. Pagando, l'armatore si prende la bandiera

che gli piace di più e buonanotte ai suonatori. Poteva andare peggio, poteva capitarci una nave battente bandiera mongola».

«Ma sei sicuro? O ti atteggi perché vuoi chiudere la discussione? Onestamente, Achì... ma quando mai hai visto la bandiera della Bolivia, tu?».

«Carmine» ora lo fisso dritto in faccia, «hai presente le Ande? La catena montuosa che attraversa tutta l'America Latina? Sì? Fai sì con la testa solo se ce l'hai presente».

Lui fa un debole cenno di assenso. Poco convinto, si vede che finge, malamente.

«Bene. La Paz si trova in Bolivia. È la sua capitale».

«Sicuro?».

«Sì, Carmine».

«Vabbuò».

«E non vi ho detto la parte più bella». Mi giro e li fisso uno per uno mentre mi accendo una sigaretta. «In Bolivia manco ci sta».

«Cosa?» replica Efisio.

«Il mare. La Bolivia è tutta montagna. Però, possono vendere la bandiera».

«Madonna mia...» commenta Carmine e scuote il capo, sinceramente sconsolato.

Capisco il suo sconforto. Le navi, quelle belle, quando sono in rada, quando sfilano e tagliano la linea dell'orizzonte, ci appaiono immense, colossi d'acciaio, leviatani frutto dell'ingegno e della tecnica umana. Le navi, però, possono essere fragili e spezzarsi in due tronconi in mezzo alla tempesta ma in questo caso, davanti a questo esotico vessillo sudamericano, abbiamo la testimonianza di quanto sia libero e incontrollabile il mare e, con esso, i suoi alfieri. E noi siamo come pedine in questo grande gioco. Un tempo, prima della Seconda guerra mondiale, la questione era semplice: la nave veniva costruita in un bacino di carenaggio, era il risultato della progettazione di un cantiere e sulla poppa, a grandi lettere, veniva citata la città di provenienza, orgoglio nazionale che avrebbe solcato i mari portando gloria alla propria fucina. Ma con il libero mercato le cose sono cambiate velocemente, la gente si è fatta furba, pure troppo, e oggi questi scafi d'acciaio possono cambiare identità e prendere una nuova bandiera in un batter d'occhio, rivolgendosi al paese che fa meno domande. Volendo, basta il lavoro di un giorno per ridipingere un intero scafo di una nave cisterna o di un cargo come questo, cambiando interamente la livrea, persino nome e bandiera.

Per me si tratta di una reazione fisica. Se un veliero a cinque alberi naviga davanti alle isole Eolie battendo bandiera inglese o, ancora meglio, il glorioso tricolore italiano, mi batte forte il cuore e mi ricordo i momenti belli all'Accademia Navale di Livorno, quando noi cadetti marciavamo tutti insieme nelle nostre divise tirate a lucido. Ma quando mi capita di andare a raccattare mezzi relitti che issano bandiere di comodo, mi incazzo forte. Eppure, queste cosiddette bandiere di comodo erano nate all'inizio del secondo conflitto mondiale con un fine decisamente più nobile, quello di consentire alle navi americane di trasportare merci in Gran Bretagna. In tal modo non si voltavano le spalle all'alleato europeo ma, nel malaugurato caso di un loro affondamento, non avrebbero dovuto trascinare gli Stati Uniti nel bel mezzo del conflitto. Ci pensarono i tedeschi a far precipitare la situazione. Oggi è un proliferare di bandiere a scacchi rosse, bianche e blu – Panama – o di croci bianche su sfondo rosso – Malta –, fino alle strisce rosse e bianche con stella su fondo blu – Liberia. Da qui a giungere alla Mongolia o alla Bolivia è solo questione di fantasia. Ma soprattutto, a cosa serve tanta libertà, in alto mare? Ecco qual è la vera domanda.

«Ora che abbiamo finito la lezione di geografia, ci mettiamo a lavorare o no?» sbotto, poi mi accendo l'ennesima sigaretta e alzo lo sguardo sullo scafo.

La *Izmir* è una nave di discrete dimensioni. È lunga, a occhio, una sessantina abbondante di metri, larga circa dodici. Da terra saranno oltre dieci metri e incombe su di noi. Ma il fatto che sia turca fa scattare tutti gli allarmi possibili nella mia testa. Da quando sono il direttore tecnico della Siresa Mare Spa abbiamo salvato rimorchiatori, yacht e pescherecci in panne ma le navi turche erano sempre quelle combinate peggio, bagnarole galleggianti. Stavolta spero di sbagliarmi.

In ogni caso, finalmente è giunto il momento della verità. Le ore d'attesa al tavolaccio di fòrmica, i caffè bruciati, le carte che non vengono, i giornali spiegazzati, le avventure di Corto Maltese nel Pacifico, le notti che diventano giorno invano mentre il vento soffia, urla e strepita, aspettando che qualcuno venga sopraffatto dal panico fra le onde. *Mors tua, vita mea.* Va bene tutto pur di non restare in balìa dei pensieri mentre il tempo non passa. Tutti noi, due volte al giorno, mattina e sera, sereno o bufera, abbiamo un appuntamento fisso. Accendiamo la radiolina e ci sintonizziamo su RadioUno per ascoltare il bollettino nautico e renderci conto della situazione là fuori. E questa sera, la sera della vigilia di Natale, mentre sono ancora a casa e sto fumando l'ennesima sigaretta prima di dare il cambio a Carmine, ascolto la voce calma e posata dell'annunciatore radio che fa il giro di tutti i mari della nostra penisola e infine, quando giunge al Mar di Sardegna, dipinge uno scenario pessimo: "Mar di Sardegna: visibilità discreta, vento da Nord Ovest forza 7, tempo nuvoloso, mare agitato".

Non solo, le previsioni a ventiquattro ore annunciano bufera con vento da nord-ovest forza 8 e con mare molto agitato. Ma del resto, se fai questo mestiere, se il tuo compito è quello di andare a recuperare le navi alla deriva, se hai scelto di fare questo per guadagnare, devi avere la calma dalla tua parte e, come sempre, anche la fortuna. All'improvviso, con i piedi piantati nella sabbia, mi torna in mente quel salvataggio in cui proprio la Dea bendata giocò un ruolo fondamentale. Era notte, e avevamo raccolto un SOS lanciato da uno yacht francese, *Galatea*, una barca della stazza di venti tonnellate, appartenente al dipartimento di Nizza. Quella volta era di turno Carmine. Dopo il solito giro di telefonate ci siamo imbarcati a bordo del rimorchiatore *Varazze*. Avevano il motore principale in avaria e intanto il mare era montato all'improvviso. Ecco, dire "mare forza 10" non significa un bel nulla, suona bene ma tecnicamente non esiste. Il mare non possiede forza, i bollettini meteo si riferiscono a quella del vento, misurata dalla scala di Beaufort, composta da ben diciassette gradi – da "calma" a "bava di vento, circa tre nodi", fino a "uragano", con un vento maggiore di sessantaquattro nodi – mentre per misurare lo stato del mare si tiene conto dell'altezza media delle onde. E solo per comodità le due scale possono essere unite. Quella notte, quando siamo arrivati nel punto delle ultime coordinate a bordo del *Varazze*, non c'era nessuna traccia del *Galatea* ma le onde erano alte circa quattro metri, il vento aveva superato i venti nodi e il fatto che non ci fosse nemmeno un pizzico di luna non migliorava il quadro complessivo. Il radar taceva, non c'era più segnale radio e sul panfilo era rimasto solo un misero cavo sbattuto dal vento. Dopo un'ora trascorsa a muoverci facendo cerchi concentrici, finalmente a bordo dello yacht si sono decisi a lanciare un razzo d'emergenza. La rossa scia luminosa saliva in cielo, tracciando un arco. Non eravamo lontani, circa una trentina di miglia. Ho abbassato la manetta, «Motori avanti tutta!», e con la potenza dei duemila cavalli del motore diesel del *Varazze* li abbiamo accostati proprio nel cuore del Mar Tirreno. I cinque, ormai in preda al panico, avevano cercato di abbandonare la nave a bordo del tender, la cima si era già mollata da un pezzo ed erano rimasti senza motori, senza radio e senza canotto di salvataggio. Niente male come vacanza. Efisio e Georgos avevano lanciato la cima d'ormeggio e finalmente lo skipper era riuscito ad annodarla alla bitta di poppa con una gassa d'amante, quel nodo semplice e salvavita. Li abbiamo fatti sbarcare uno alla volta sul

Varazze e li abbiamo rifocillati con del tè caldo e molto zuccherato. Erano due giovani coppie francesi e visto che il loro skipper di fiducia non c'era, si erano affidati all'ultimo momento a questo ragazzo smilzo che veniva da Bodrum. Abbiamo dato cavo di rimorchio e iniziato il traino dello yacht a quattro-sei nodi, ci avremmo messo tutta la notte ma erano sani e salvi. A quel punto, anche se il mio francese non era ottimo, avendo speso un'ora intera senza sapere dove andarli a recuperare, li ho ammoniti malamente.

«Mai uscire in mare senza… come si dice… *sans gilet* di… salvataggio… *de sauvetage*, e senza razzi di segnalazione! *Never. Jamais!* Tu, voi, *comprendes?*».

Il proprietario, un certo Renée, era un ragazzo con i capelli biondi bagnati come un pulcino, mi guardava con gli occhi stravolti, le labbra livide, quasi nere per il freddo e il viso arrossato dal vento. Aveva una coperta sulle spalle, tremava per lo spavento mentre la sua fidanzata gli teneva forte la mano. Si erano già immaginati naufraghi in una notte senza luna e con il mare in burrasca, praticamente morte certa. Efisio è andato verso uno stipetto e, dopo aver sganciato il fermo per evitare che si aprisse in navigazione, ha preso un razzo: un cilindro marrone che somiglia ai candelotti di dinamite che si vedono nei film western, munito di una spoletta alla base che, una volta tirata, lascia partire un bengala di segnalazione. Gliel'ha messo proprio sotto il naso.

«Razzo! Come lo chiamate voi? *Rocket*, no… *fusée*!».

Il tizio francese si è alzato in piedi, si è messo a urlare contro il loro skipper e poi gli si è lanciato contro ma quello, nel frattempo, aveva fatto in tempo a ripararsi dietro un tavolo. Insomma, i razzi a bordo c'erano eccome ma li aveva sequestrati quello stronzo. Roba da matti.

«Appena vi sbarco» ho detto allo skipper, sempre con l'occhio alla strumentazione, «fai meglio a tornartene a Bodrum…».

Georgos aveva afferrato a uno a uno i passeggeri e li aveva

consegnati alle cure di Carmine e poi, durante quel teatrino, era rimasto in silenzio, fumando una delle sue puzzolenti sigarette senza filtro, accucciato sul ponte di poppa. Ma appena ho pronunciato il nome del grande porto turco, Bodrum, Georgos è scattato su, ha affrontato a muso duro lo skipper e gli ha mollato un cazzottone in faccia mandandolo steso lungo a terra. Poi ha frugato nella giacca del tizio e dalla tasca interna ha preso cinque razzi. Cinque. Li ha stretti in mano e li ha sollevati in alto, a beneficio di tutti. A quel punto i quattro francesi sono balzati in piedi, caracollando uno addosso all'altro per via del rollio del mare, applaudendo e urlando, liberandosi d'un colpo di tutto il terrore di quella notte in alto mare fra risate e le prime lacrime.

Nove

Non c'è fine al mare.
SAMUEL BECKETT

Almeno con me stesso provo a giocare a carte scoperte. Ho accettato la richiesta di SOS della *Izmir* perché non potevamo dire di no. Un attimo prima di entrare in azione, mi giro e sotto la luce della luna indico le chiazze di ruggine:

«Oh! Facciamo attenzione ragazzi. *Accura!*».

È impossibile che il mare abbia graziato questa nave mentre andava alla deriva. Da un momento all'altro, immagino di vedere l'acqua gorgogliare e grondare da uno squarcio nello scafo. Anzi, già vederla qui, ancora in verticale, adagiata lievemente sulla battigia, mi sembra incredibile. In una situazione normale avremmo avuto premura di accaparrarci la missione e la relativa ricompensa più gli extra, perché delle volte l'armatore ci teneva che qualcosa venisse aggiunto o tolto, prima che gli assicuratori arrivassero. Possiamo fare i miracoli ma una cosa è sicura, l'odore di santità in mare aperto non si sente. E quelle volte lì, la strada te la mangiavi e la notte, prima dura, solitaria e silenziosa, diventava improvvisamente dolce, carica di aspettative da soddisfare e promesse da esaudire. Ma non stanotte, perché se aspetti un SOS che ti faccia tornare il sorriso, ti rode di brutto quando capisci che può essere tutto tempo perso.

Da Oristano a Santa Caterina di Pittinuri non c'è molta strada con l'automobile e stanotte la via è completamente sgombra ma quell'ora abbondante trascorre in silenzio, fra sbuffi e qualche comprensibile mugugno. Dopo averla vista dall'alto ci rimettiamo in macchina. Carmine, con la luce della luna che va e viene e il lapis mozzicato fra le labbra, tenta di ricostruire la rotta della nave partendo dalla posizione dell'SOS, per capire cosa sia successo. La tensione è tale che non accenna neppure a fischiettare *Besame mucho* e io rimango zitto, testardamente immusonito, provando a respingere l'assalto dei ricordi di Brigitta.

La R4 è una gran macchina da lavoro. Ha gli interni in vinile nero e un abitacolo spazioso, nel portabagagli custodisce un paio di cerate antipioggia di un giallo acceso, qualche metro di cime, delle torce di riserva, un badile pieghevole, un fusto di olio motore per ogni evenienza e infine, un paio di Superga numero 44, semidistrutte. Le mie. Ma la cosa che le riesce meglio, con il suo sterzo ampio e sottile, è portarci a destinazione senza temere la pioggia o lo sterrato. Ha un cuore di 950cc e un'anima di lamiera e stanotte anche lei sembra irrequieta. Slitta in curva con solo i suoi due piccoli fari circolari a disegnare la strada e noi facciamo finta di ignorare che il vento ci sposta di peso e ci spinge verso il dirupo sottostante. Ogni curva un po' di più. Ma nessuno osa chiedermi di rallentare. Intanto mi rimbombano in mente le parole del Cavaliere, la sua telefonata giunta un attimo dopo aver ricevuto le coordinate: «Achille, ci stanno seicento tonnellate di pesce in quella nave in mezzo al mare. Mi fido solo di te».

Seicento tonnellate. E quante cazzo sono? Mi sono tenuto stretta questa informazione ma intanto la nave me la immagino fracassata contro gli scogli, dilaniata, spinta dal vento come una misera preda da sacrificare, tanto che trovarla ancora lì mi sembra uno scherzo amaro. Alla fine, il Cavaliere avrebbe trovato certamente il modo per portarsela in Grecia, facendola smembrare da operai che ne hanno viste di tutti i colori, di quelli che sono abituati a scherzare mentre con i martelli, i piedi di porco e le lance termiche aggrediscono e fanno a pezzi le fiancate delle navi in un tripudio di scintille che bruciano la pelle e mandano in aria nuvole di fumo denso e scuro, in uno dei tanti porti in cui non si fanno domande. E almeno lui qualcosa recupererà da questa maledetta nottata.

Chissà, forse voglio solo farmi del male o rendere meno amara la delusione, altrimenti perché sento forte quest'impulso di allontanarmi da loro tre – Carmine, Georgos ed Efisio – per andare incontro agli scogli? Più mi avvicino all'acqua, più la spiaggia cede sotto il mio peso. Affondo fino alla caviglia con passi lenti e sento la lama fredda delle onde, l'acqua che continua a battermi sulle suole. Mi fermo a fissare i grossi scogli che chiudono l'ingresso della golfatina. Maledetti. La potenza selvaggia della natura mi ha sempre affascinato. Quella paura che ti acchiappa fra le onde, che ti aggroviglia le budella e fa tremare le gambe mentre tutto oscilla intorno, rischia di diventare come una droga e ti chiedi perché cazzo ti piace quella vita, perché non sai rinunciare alla malìa del rullaggio, alla salsedine che mangia ogni cosa e intanto l'orizzonte all'improvviso si apre, si spalanca e ti invita ad andare mentre il vento ti spinge o ti sfida, ti provoca o ti soccorre. Tutte cose che la gente di terraferma non sa nemmeno cosa vogliano dire. Vivono vite stabili e credono che quelli come noi, che lanciano ora preghiere, ora bestemmie, sperando di portare a casa la pellaccia, sono solo degli stupidi pazzi.

E forse, lo so, hanno ragione loro.

Mi fa una gran rabbia pensare che in qualche modo questa nave, dopo aver lanciato un SOS vicino allo scoglio di Marargiu e aver evacuato l'equipaggio con l'elicottero, certamente avrà incocciato con una secca o con gli spuntoni della costa sarda. Hanno fatto una fatica inutile e noi siamo qui a dare l'estrema unzione a uno schifoso relitto di mercantile. E a una montagna di pesce avariato. Il motore l'ha spinta avanti, facendola arrampicare fin sulla spiaggia, incagliandola, come se fosse giunta per restarvi per sempre. È una cosa incredibile da immaginare ma dev'essere andata per forza così. Altrimenti, se fosse finita la nafta o se il motore avesse ceduto, lo scafo si sarebbe messo di traverso alla mareggiata e sarebbe affondata, rompendosi contro gli scogli.

«Ingegnè! Ingegnè!».

Le urla di Carmine mi riportano sulla spiaggia, le caviglie gelate dal mare che se ne frega di tutto e continua ad andare a venire, mentre il maestrale, in quella golfatina, sembra essersi quietato. Ma ci aspetta al largo, ci sfida ad andargli incontro.

«Ingegnèèè!».

«Vengo!».

"Minchia vuole?" penso. "Il via libera per tornarcene tutti a casa?".

Mi accendo un'altra sigaretta e la giro al contrario, proteggendola dal vento con l'incavo della mano. Poi alzo gli occhi, eccola ancora lì, la bandiera della Bolivia.

I fasci di luce delle loro torce inseguono lo scafo e lo percorrono metro dopo metro, alla rinfusa, indugiando e scappando via, aspettando di trovarvi da un momento all'altro un buco nero, uno squarcio che ingoia la luce e anche tutte le nostre speranze. I fasci si accavallano e si separano, freneticamente. Niente.

È tutto intatto. Non ci credo. Non può essere. Non è possibile.

«Ingegnè, ha visto?».

«Dammi qua!».

Praticamente strappo la torcia di mano a Carmine. Un momento prima potevo persino udire il rumore della lamiera aprirsi contro le rocce e adesso…

L'orlo dei pantaloni bagnato dal mare, le scarpe di tela già zuppe, mi avvicino a Efisio che, senza dire una parola, perlustra l'altra fiancata. Sorride. E sussurra qualcosa. Mi accosto mentre sento il vento che strepita forte, come una voce che sbuca da un pozzo.

«Ajò, Ajò!» continua a ripetere come una cantilena.

La nave era semplicemente scivolata sulla spiaggia, infilandosi in quella minuscola insenatura senza nemmeno il più insignificante sbrego, come una palla da biliardo che rotola dolcemente in buca, viaggiando sul velluto verde e riscaldato.

Incredibile, sì. Ma c'è ancora il rischio, più che concreto, di una falla sulla chiglia o nella zona del timone e dell'elica che pescava nel mare.

Siamo sicuri che anche il capitano si è fatto tirare su? Non è che poi ci troviamo una bella sorpresa a bordo che ci fa marameo? Eppure, il Cavaliere aveva parlato chiaro: «Achille, sono tutti in salvo. Se li è caricati la libellula in mare aperto. Hanno lasciato la nave con il timone al centro, bloccando la ruota con una cima».

Ci fissiamo tutti e quattro, pensiamo la stessa cosa, ci scommetto: *ma la nave come cazzo ha fatto ad arrivare fino a qua?*

«Saliamo, non perdiamo tempo. Ajò!» dice Efisio, che si è scocciato di stare un passo indietro e insieme, manco ci fossimo messi d'accordo, ci voltiamo tutti verso Georgos. Quelle spalle ampie come un armadio a due ante sono una gioia nei bordelli di tutto il Mediterraneo ma una condanna in situazioni simili. Tocca a lui lanciarsi nell'impresa.

E lui grugnisce. Senza dire né sì, né no. Noi abbiamo tutti una giacca a vento addosso, lui ha soltanto una maglietta bianca e prima di salire se la toglie e la mette fra le mani.

«Che cazzo fai?».

«Ho solo questa. E non mi voglio sporcare» risponde lui, flemmatico, con quell'alito ancora alcolico. Gli ributto in faccia la maglia.

«Non mi fare incazzare!».

Efisio saggia la lunghezza della cima, controlla il nodo e gli porge un rampino, sporco di grasso il giusto per fare presa. È il momento di Georgos che, dopo essersi rimesso la maglietta con una smorfia, si pulisce le mani sui jeans, fa due passi indietro e alza il mento per calcolare la distanza. Poi lancia, il rampino scavalca il parapetto di acciaio e si aggancia con un rumore secco mentre lui tende la cima. Sale di slancio, manco fosse un pirata. Veloce veloce si issa contando su muscoli che guizzano illuminati dalle nostre torce. Ma esattamente a metà strada, una folata improvvisa di vento lo alza di peso, lo spinge di un paio di metri lontano, completamente fuori traiettoria e per un attimo resta sospeso, aggrappato, in controluce nel disco della luna, avvinghiato alla cima tesa allo spasimo, sul punto di rompersi e poi, così com'è venuto, il vento scivola via e Georgos ripiomba giù, cinque metri più in là, con un tonfo secco sbatte con il costato contro la paratia dello scafo, un rumore metallico che rimbomba in questa notte di luna piena mentre noi tratteniamo il fiato e restiamo senza parole.

Dieci

Non esiste vento favorevole
per il marinaio che non sa dove andare.
Seneca

Se Georgos ha una qualità, è certamente la sua prepotenza fisica. Un fascio di muscoli ricoperti da una matassa di peli neri che sconcerta e chiarisce a tutti il passaggio genetico fra l'uomo e la scimmia. Georgos lo sa bene e anziché coprirsi, quando si presenta l'occasione – appena arrivati in vista del porto dopo una notte intera trascorsa in mare o durante una baruffa per le strade di Cagliari –, con quella barba nera e fitta non perde occasione per urlare in modo gutturale, tirando fuori un verso basso e ritmato che onestamente mette paura. E così, dopo aver impattato con il costato destro sul fianco della nave, dopo un attimo di smarrimento e prima che possiamo intervenire, con lui ancora lì, sospeso a mezz'aria, Georgos non molla la presa, raccoglie le forze e si issa solo con le proprie braccia fin sul parapetto, divorando un metro alla volta, scavalcando agilmente. Poi si sporge, contrae le spalle e gonfia i muscoli, lasciando partire il suo urlo nella notte, un'esultanza selvaggia, di primitiva potenza: «Buon Natale!».

Io, Carmine ed Efisio ci fissiamo e scoppiamo in una risata che scioglie la tensione. Il Casio che porto al polso non mente, segna mezzanotte e cinque minuti del 25 dicembre 1981, e la bandiera boliviana con il suo tricolore decisamente inedito a queste latitudini penzola dal pennone a poppa.

«Buttami la biscaggina, buffone».

Lui ride ed esegue. La scaletta di corda con i pioli di legno si srotola obbediente alle leggi della gravità. Fortunatamente in questa golfatina, al chiarore della luna piena e senza troppo vento, siamo protetti, ma basta lanciare lo sguardo verso l'orizzonte per vedere la maestralata che al largo infuria e gonfia le onde, sferzandone le creste. Però adesso non ci voglio pensare, afferro la scaletta e inizio a salire per primo. Il tanfo della ruggine, mescolato alla salsedine che sta aggredendo le paratie, mi riempie il naso facendomi salire la nausea. Questa nave è proprio un cesso. È un miracolo che non sia già affondata da sola. Ora ci tocca pure salvarla.

«*Amunì!* Controlliamo la sala macchine. E cerchiamo di capire com'è messa la stiva».

Siamo al centro dello scafo, ci sono quattro portelli di visita per ispezionare il carico della stiva e calarsi sotto. Carmine individua la più vicina, seguito da Efisio e Georgos. Sbloccano i quattro galletti, i morsetti d'acciaio che servono per chiudere il portello e renderlo stagno, poi si fermano e si girano verso di me. Mi avvicino e tuffo lo sguardo dentro quel tunnel buio pesto che porta giù, nel ventre della nave. Non si vede niente. Afferro la botola e inizio a scendere, un piolo alla volta, il cuore mi rimbomba nelle orecchie. Ogni volta che usciamo per operare salvataggi ci giochiamo la vita, dipende tutto dal mare, che sa essere infido, e dalle mie decisioni. Gli uomini mi seguono. Posso illudere tutti ma non me stesso. Scendo nel buio, poi dalla tasca posteriore del jeans pesco la torcia, la accendo e provo a capirci qualcosa di questo bel casino. Sono nella pancia della nave. Le stive seguono tutto il corpo dello scafo, divise in due sezioni da una paratia che bilancia il carico e dovrebbe scongiurare che una sola falla possa far colare a picco tutto. E lì, dentro la stiva, mi trovo davanti una montagna di scatole di cartone pressato che tocca quasi il soffitto. Ne prendo una, le mani sentono subito lo shock termico. Dentro c'è qualcosa di congelato ma visto che in tutta la nave non c'è un filo di corrente elettrica, le serpentine sono spente e in quel buio pesto mi rendo conto che il cartone inizia a essere umido, non più ghiacciato. C'è quell'odore che non è ancora puzza ma fa pizzicare il naso. Brutto segno. L'orologio fa già tic tac e il tempo passa.

«Madonna! E che è tutta 'sta roba?».

Carmine è un tipo entusiasta. Mette le mani sui fianchi e si ferma davanti a quel blocco unico di scatole, reso compatto dal gelo. Ci avviciniamo curiosi ma cauti, facendo luce con le torce, sopra sono stampigliati dei timbri neri con delle scritte incomprensibili.

«Ingegnere, che ci sta scritto?».

«Boh, sarà turco. Qualcuno conosce il turco?».

Osservo spandersi la nuvoletta del mio fiato per via della differenza di temperatura. Buon segno, speriamo duri.

Georgos fa una smorfia. Ovviamente, appena si inizia a parlare di roba turca si fa prendere dal nervosismo, inizia a borbottare nella sua lingua, lanciando improperi, passandosi la mano sulla barba folta, avanti e indietro, rievocando chissà quali fattacci del suo passato di cui a me, francamente, frega già poco in situazioni normali. Figurarsi adesso.

Undici

Segui le navi.
Segui le rotte che solcano le logore
e tristi imbarcazioni.
Non ti fermare.
Álvaro Mutis

Appena scesi nella stiva, alla luce delle nostre torce, ci troviamo davanti una valanga di scatole di cartone rettangolari, all'incirca 50 cm di larghezza per 30 cm di altezza e 20 di profondità, con diverse scritte stampigliate sopra: *Kral Yengeç – Istakoz – Ton Balığı – Orfoz.*

Il colpo d'occhio lascia sgomenti. Centinaia di scatole accatastate al centro, le più esterne sono state sbatacchiate dal naufragio, disseminate lungo tutta la stiva, fino ai nostri piedi, ingombrando persino il camminamento. Quanto ancora reggeranno i cartoni, prima di scongelarsi? In che guaio ci siamo cacciati?

«Che ci sarà dentro?» chiede Carmine tutto concitato. «Secondo me armi. Sì, armi!».

«Ma quali armi!» replica Efisio. «Si vede che dentro c'è droga. O soldi».

«Tu dici?!».

Ho una scatola fra le mani, pesa quattro, cinque chili. Gli ammonimenti di Zeno mi risuonano forti in testa, bisogna essere scrupolosi quando si controlla il carico per non incorrere in sgradevoli sorprese. Prendo il coltellino e mentre taglio il nastro per pacchi che la sigilla, scenograficamente ruoto su me stesso, dando a tutti loro le spalle. Apro lentamente, infilo dentro la mano, tasto, rovisto e strabuzzando gli occhi sussurro: «Madonna mia!».

«Allora?» dicono in coro e non stanno più nella pelle ma non fanno in tempo a guardare dentro che mi giro e con un sol gesto gli butto una cernia congelata addosso.

«Occhio che spara!».

Urlano e bestemmiano, ridono, se la lanciano l'un l'altro e poi aprono un paio di scatole a testa, come bambini la notte di Natale. E intanto è tutto un trionfo di mare e per un attimo non siamo in quella stiva ma altrove. In quel buio pesto, con le torce che sparano luce in tutte le direzioni, si tirano addosso un paio di granchi reali, chiamando in causa anche Georgos che, come al solito, si fa i cavoli suoi. Ecco, non siamo più marinai lontani dagli affetti e pieni di cicatrici di cui prenderci cura ma quattro scemi nella notte di Natale. La tensione è calata di botto eppure non possiamo permetterci di giocare perché chiaramente abbiamo un bel problema. La nave è senza corrente, i gruppi elettrogeni sono spenti e anche se non voglio ammetterlo, inizia a sentirsi una lieve, persistente, nauseante puzza di pesce. La cosa importante però è che sul fondo non vedo nemmeno un filo d'acqua. Non ci sono falle. Non saprei dire come ma lo scafo è salvo, si è semplicemente, docilmente arenato sulla spiaggia. A maggior ragione non possiamo permetterci di far marcire il carico perché un conto è rimorchiare questo catorcio fino al porto di Oristano, sempre ammesso che si riesca a metterlo in moto e che il maestrale là fuori ci dia tregua. Ma se riusciamo anche a salvare questo enorme carico di pesce, il valore dell'indennizzo percentuale a nostro favore cresce a dismisura e allora sì che sarà davvero un Natale da non dimenticare.

«Achille Vitale».

«Presente…».

«Che tieni?» dice Carmine. «Ti brillano gli occhi…».

«Il Cavaliere mi aveva detto che c'erano seicento tonnellate di pesce. E io non vi ho detto niente, anzi, pensavo fosse una cazzata per buttarci in una nuova avventura da quattro soldi e sparigliare la cena di magro…».

«Dici che ci siamo?».

«Mi sa di sì…».

Tutti e quattro ispezioniamo la stiva nella sua lunghezza. A prima vista sembrano diverse centinaia di scatole e aprendole otteniamo la traduzione di quelle scritte illeggibili: *Kral Yengeç* ovvero granchio reale. *Istakoz* significa aragosta, *Ton Balığı* è il tonno e infine, *Orfoz* corrisponde a delle belle cernie. Far marcire tutto sarebbe uno scandalo, un peccato agli occhi di Dio.

«*Amunì!* Forza! Andiamo a vedere com'è messa la sala macchine e mettiamoci al lavoro».

Dodici

I relitti non si trovano mai finché non vogliono essere scoperti.
Clive Cussler

Nel frattempo, ad Atene…

I clacson tacciono e, almeno nella notte di Natale, le strade sono sgombre e stranamente silenziose. È un miracolo che accade poche volte l'anno, sarebbe bello poterselo godere in santa pace. Ma per qualcuno non andrà così. Tutto scorre, panta rei*, dice quel filosofo figlio eletto di questa terra. E così anche l'aspra dittatura dei colonnelli si è conclusa e quest'anno la Grecia è entrata nell'Unione Europea. Ma la storia moderna e le sue ambizioni sono ben poca cosa rispetto al mito, vento di bonaccia al cospetto di un tifone.*

Stanotte, la centralissima piazza Syntagma è carica di luci. Qui gli Euzoni, i soldati scelti di fanteria da montagna dell'esercito greco, hanno un picchetto di guardia posto proprio a ridosso del monumento per il Milite Ignoto. Il loro compito è quello di sorvegliare e omaggiare la fiamma che sempre splende, senza requie, illuminando l'oscurità. La divisa indossata dagli Euzoni è davvero inconfondibile. Vestono una camicia bianca di cotone con maniche molto ampie e sopra un gilet nero, dai ricami elaborati, bianchi e dorati. La fustanella, il gonnellino bianco, viene ricavato da un tessuto di trenta metri sul quale vengono praticate, come memento degli anni del dominio turco, quattrocento pieghe, indossando sulla pelle il disagio del popolo. La calzamaglia dei soldati è bianca, spessa abbastanza per sopportare le paturnie dell'inverno, con una cintura di cuoio, una cartucciera e delle giarrettiere nere. Ai piedi scarpe basse come pantofole, in pelle rossa con una punta ricurva su cui è cucito un pompon nero. E ancora, sulle spalle indossano un mantello blu e in testa il fez in panno rosso con una nappa di seta nera che scende lungo il viso dei soldati, sul profilo destro. Con questa divisa così elaborata, il cambio della guardia – il momento in cui i soldati si passano il testimone con passi e movenze ritmate – è una procedura di parecchi minuti, il cui fascino è in deciso contrasto con la malinconica bellezza delle decorazioni di Natale posto sulla piazza in cui si trova la sede del Parlamento ellenico.

Anche quest'anno nei tradizionali mercatini le bancarelle disseminate lungo la città che vendono dolci e souvenir hanno fatto affari d'oro, da piazza Kanari a Kypseli, soprattutto in piazza Monastiraki dove ogni leccornia è disponibile e i passanti si salutano augurandosi Kalá Christoúgenna, Buon Natale. Tutto prosegue in modo normale, nulla lascia supporre che qualcosa possa uscire dai binari. Nei quartieri residenziali le luci si spengono, resistono soltanto le fioche illuminazioni delle piccole barche a vela in legno, addobbate con cura e collocate vicino alle finestre, buon auspicio per i naviganti. La quiete di una calda notte si sparge come un balsamo sui cittadini della capitale greca e la polvere di stelle ha già ghermito la maggior parte dei bambini, che sognano e fremono aspettando che passino questi pochi giorni e giunga finalmente il primo dell'anno per poter scartare i regali.

Konstantinos K. è un uomo che ha costruito la propria fortuna sul mare, spostando merci da un porto all'altro senza fare troppe domande. Un imprenditore che esige la propria fetta di guadagno, senza curarsi della legge. Il silenzio e l'efficienza hanno un prezzo alto e fino a oggi lui non ha mai tradito la parola data. Konstantinos K. non si definirebbe mai un tipo scaramantico. No, lui ama definirsi un tradizionalista. Le cose vanno fatte solo in un certo modo, per cui ogni inconveniente dev'essere spazzato via prima che inneschi un domino di conseguenze. Logica pura. Nel grande camino della sua casa in Leoforos Ale-

xandras da stanotte brucia il ceppo di Natale, un grosso tronco di betulla che dovrà ardere per dodici giorni, tenendo lontano dalla casa i kallikantzaroi, *i folletti del sottosuolo. Sin dalla sua infanzia trascorsa sui moli di Atene come mozzo alla giornata, questi esseri spaventosi li ha sempre immaginati come una sorta di piccoli centauri, bestie pelose con zanne aguzze pronti ad afferrare e divorare ogni cosa. I suoi genitori erano pastori. Avrebbe potuto vivere quella vita ma smaniava, non aveva la giusta pazienza per i tempi della terra. Il padre scuoteva la testa, in tavola c'era quello che producevano con il loro sudore. Il caso, la fortuna o il destino, Konstantinos K. è stato affidato alle cure di uno zio e l'aria di montagna è stata archiviata per sempre, molto meglio l'odore nauseante della nafta, il grasso dei motori, il tintinnare delle dracme. Altro che belati e puzza di capra, suo zio l'aveva cresciuto come un mozzo.*

E accanto a questa scuola di praticità, gli aveva inculcato un timore reverenziale verso i kallikantzaroi, *questi esseri che sin dalla notte dei tempi aspettano il momento buono per tornare in superficie. E il momento propizio sono questi dodici giorni che iniziano proprio stanotte, a cavallo con l'anno nuovo. Il loro unico fine è quello di creare caos, portare l'assedio all'umanità, calandosi nelle case attraverso il camino, pronti a divorare tutto e tutti. "Curioso, nelle case degli italiani, degli americani, persino dei francesi, dai camini scende Babbo Natale con i doni, a noi, invece, tocca proteggerci dai kallikantzaroi". Questo pensa Mister K, così lo chiamano i suoi dipendenti. Con riverenza e un pizzico di timore che non è ancora terrore ma talvolta, quando alza la voce, gli si avvicina un po'.*

Mister K non ha vizi e non ha particolari estrosità. È un uomo da molo, non da mare aperto, un uomo concreto che pensa ai risultati e al lato pratico delle cose, senza spazio per i sofismi, cercando di prevedere cosa possa andare storto. Ma c'è sempre un residuo del nostro passato e nella sua grande casa ad Atene, a pochi passi dalla chiesa di San Basilio, un domestico ha il solo e unico com-

pito di sorvegliare la fiamma del camino, affinché non si spenga mai. Così, quando il telefono squilla in piena notte, rompendo la quiete e il silenzio, Mister K si sveglia all'istante, teso come una corda di violino, con una mano afferra l'interruttore dell'abat-jour e l'accende mentre si mette a sedere sul letto, infilando i piedi nelle pantofole di feltro, lì in attesa. Il trillo invade la stanza, lui si prende qualche secondo per indossare gli occhiali da vista e al terzo squillo afferra finalmente la cornetta. Sua moglie, silenziosa come uno spettro, solleva le coperte e fila in cucina a preparargli un caffè, nero e amaro. Non c'è bisogno che lui le dica nulla, il rituale ha le sue regole. Suo zio gliel'aveva sempre detto: «Tieni gli occhi aperti, Konstantinos, quei maledetti kallikantzaroi *possono presentarsi sotto molteplici forme». E un telefono che squilla la notte di Natale può portare solo cattive notizie.*

Tredici

> Il destino di ogni uomo è un segreto sepolto nel silenzio.
> Glenn Cooper

Con le lampade accese, in fila indiana nel buio pesto, passando in mezzo alle cataste di scatole arriviamo alla scaletta in fondo alla stiva. Usciamo da uno dei quattro portelli d'ispezione e poi con un'altra scaletta ci dirigiamo in sala macchine. Entro per primo, anche qui è buio pesto. Tutto spento, mi assale il naso una puzza di acqua stantia, nafta e cibo rancido. Accendo la torcia mentre anche gli altri tre si schierano al mio fianco.

Siamo subito sotto la sala di comando. Al centro del vano c'è il motore, i due grandi gruppi elettrogeni posti di fianco sono spenti e quando proviamo a farli partire non accade nulla. Ovviamente sono senza un goccio di carburante, la nafta si è consumata tutta mentre la nave andava alla deriva. Mi guardo intorno con il fascio di luce, la puzza è dovuta a un oblò rotto. Il vetro è andato in frantumi chissà come e chissà quando, e una pozza d'acqua di mare sporca e rugginosa si è creata sul fianco destro, assecondando la pendenza dello scafo. Per terra ci sono anche mappe nautiche stracciate, un pezzo di pane e un paio di bottiglie di birra di una marca sconosciuta che galleggiano placide e indisturbate. Affogata nell'acqua putrida, ecco anche la radio a onde corte della *Izmir*, ormai rotta e inservibile, per cui ogni comunicazione passerà dal VHF che c'è dentro la mia borsa. Sono scappati talmente in fretta che non hanno pensato di assicurarla in qualche modo ma almeno il capitano ha avuto l'accortezza di legare il timone alla banda con un pezzo di cima, dandole una direzione, una rotta di massima. Libero il timone dalla cima, adesso dobbiamo fare in modo di accendere questa cazzo di nave. Ci guardiamo intorno, prendiamo confidenza con il cuore dell'imbarcazione alla luce delle torce. Sul lato sinistro, dalla parte opposta dei gruppi elettrogeni, ci sono i compressori che ci torneranno presto utili e lì accanto un paio di bidoncini di plastica da cinque litri. Ne afferro uno, lo rivolto facendo uscire un po' di acqua sporca e lo passo a Efisio.

«Scendi giù, cerca lo spillamento della nafta, riempilo direttamente dalle casse che si trovano nei doppi fondi della stiva. Fai presto!».

Ammesso che siano ancora piene, la gran parte del carburante dovrebbe stare laggiù. E se c'è qualcosa, allora possiamo iniziare a ragionare.

Efisio va. Appena esce guardo Carmine che è preoccupato per lo stato generale di questa bagnarola. Ci sono macchie di ruggine ben visibili anche alla luce delle torce, e per terra chiazze scure, residui di olio motore e solventi che fotografano l'incuria totale del mezzo. Passano una decina di minuti in quel silenzio irreale. Poi sento l'eco dei tonfi di passi in avvicinamento. Gli pianto la luce addosso.

«Dici!».

Sbuca la testa ricciuta di Efisio ma lui niente. Ecco lo sapevo, mannaggia.

«E dici!».

Arriva in sala macchine. Il raggio di luce gli illumina un bel sorriso sparato a trentadue denti mentre fa sciabordare la nafta agitando il bidone da dieci litri, pieno fino all'orlo.

«Sempre voglia di cazzeggiare, tu!».

Ma sorrido anch'io. Carmine prende il bidone e si avvicina alla cassetta di servizio che alimenta il gruppo elettrogeno. Solitamente il carburante sale direttamente dalle casse fino a qui lungo la navigazione, ma essendo tutto spento dobbiamo fare da noi, alla vecchia maniera. Per fortuna c'è Carmine. Mi accendo una sigaretta in quell'ambiente chiuso con la puzza di nafta che chiude la gola. Passano una decina di minuti e all'improvviso una luce inizia a rischiarare l'ambiente. Prima un bagliore. Poi si fa tremolante, si spegne e si riaccende con dei lampi. E daccapo si spegne che pare per sempre e invece rieccola, le lampade si riscaldano.

«*Fiat lux*» dice Carmine.

Mi guardo intorno e la prima impressione per quanto frettolosa non mentiva. Questa nave sta cadendo a pezzi. Probabilmente l'armatore ha messo in conto qualche altro viaggio e poi via, verso il prossimo gradino più in basso, a caricare chissà cosa in quale porto dimenticato da Dio, finché un giorno la avrebbero spedita al cimitero del ferro vecchio, un tanto al chilo. O peggio, l'avrebbero affondata in pieno Mediterraneo con chissà quale porcheria in pancia e zero domande. Ne ho sentite tante di storie così in questi ultimi anni e quando una voce inizia a correre, da una bitta all'altra, è facile che un briciolo di verità ci sia. Per questo, quando Zeno mi ha chiesto una mano, un paio di occhi in più, non c'ho pensato su un attimo. Sta succedendo qualcosa, il mare e le sue rotte fanno gola a molti.

Ma ora non c'è tempo per fare i filosofi, una volta accesi i gruppi elettrogeni e avviati i servizi minimi, tocca mettere in salvo il pesce. In mare si procede come sempre per emergenza, un problema alla volta.

C'è una cosa che lascia sgomenti tutti quelli che vivono con i piedi all'asciutto e sono allergici al rollio delle onde e al sale sulla pelle. Una volta che accetti di salire su uno scafo – che sia un motoscafo di vetroresina o una petroliera di acciaio, poco importa – bisogna mettere in conto l'ingegno, non fare troppi programmi e non lasciarsi mai scoraggiare. E ovviamente, osservare rigidamente tutti i riti scaramantici che soprattutto qui sulle onde sono roba serissima, altroché.

«In mare tutto si scassa, Achille...» mi ha detto una volta il Cavaliere. E aveva ragione. Prima un filtro che si ostruisce, poi l'àncora che non sale, quella strana puzza perché l'olio si brucia e in un attimo gli scarichi si bloccano a causa di un tubo che si spacca e allaga la sentina e corri e scappa a chiudere e metterci le mani dentro. E questo solo per fare qualche esempio di cose semplici, roba che si risolve con qualche bestemmia, un pezzo di ricambio, due soldi allungati a un uomo di fiducia che sale a bordo e se ne va via con un po' di grasso sulle mani. Il mondo cambia, ormai grazie agli aerei possiamo viaggiare in lungo e in largo, hanno persino inventato un aggeggio indossabile che pompa la musica direttamente nelle orecchie con delle cuffie. Si chiama walkman, e al porto di Cagliari capita di trovarne qualcuno di straforo, a un prezzo stracciato. Chissà, magari me lo regalo per Natale. Cambia, cambia tutto, ma il mare rimane un'attrazione e un pericolo per l'uomo, un'ammaliante distesa d'acqua che pensiamo di dominare e sfruttare a nostro piacimento finché all'improvviso non si increspa e divora vite spazzando via tutto, per poi tornare placida e calma, come se nulla fosse.

Ma bisogna guardarsene sempre, del resto persino la parola sentina deriva dal fatto che, già in epoca romana, nelle imbarcazioni c'era un uomo, una sentinella appunto, che aveva il compito di sorvegliare le infiltrazioni nello scafo e dare l'allarme prima che fosse troppo tardi. La sentina è ciò che si trova nel fondo, nascosto agli occhi di chi non vuol vedere, e così finisce spesso per diventare una specie di fogna, piena di sporcizia e liquami. Te ne accorgi nel momento in cui si rompe qualcosa o quando s'intasa uno scarico e risale una puzza che toglie il fiato. A quel punto si apre la sentina e ci si trova dentro di tutto. Figurarsi in questo cesso di nave turca. Ma la gente che vive con i piedi all'asciutto queste cose non le sa digerire. Non si tratta di essere migliori o peggiori, è una questione di prospettiva, di saper mettere in conto che bisogna essere pronti a tutto, in mare.

E allora, con la benedizione della luce, butto una voce a tutti e dico:

«*Amunì!* Torniamo nella stiva».

Quattordici

Si trascorre una vita intera preparandosi a qualcosa.
Sándor Márai

Alla luce delle lampade che corrono lungo le paratie interne, eccoci di nuovo a camminare in fila indiana. Io, Carmine, Efisio e Georgos. E i miei timori sono già realtà. Grosse chiazze di ruggine corrodono la pittura verde oliva delle paratie di acciaio. Enormi bolle gonfie, pronte a esplodere, rivelano uno stato di degrado avanzato e accanita incuria nella gestione dello scafo. L'acciaio che calpestiamo sembra così sottile che si piega sotto il nostro peso, ho quasi timore di pestare troppo forte i piedi rischiando di sfondarlo. Se adesso fossimo passeggeri in visita, tirerei dritto, accelererei il passo sorridendo all'equipaggio e salterei il prima possibile a terra tirando un bel sospiro di sollievo. Ma noi questa nave la dobbiamo rimorchiare fino in porto e là fuori, al largo, ci aspetta un vento di maestrale forza 7 che tende ad aumentare. Il bollettino parlava chiaro. Per adesso il vento è un mostro lontano, un diavolo che sussurra e borbotta cupo nella notte ma è sempre pronto a metterci la coda. Ci attende paziente, laggiù. E noi gli andremo incontro con questa formaggiera. Non è una prospettiva allegra.

Proseguendo in questa formazione lineare, dalla sala macchine usciamo all'aperto, la notte piomba sulle nostre teste, la luna piena risplende in alto e ci illumina la via fino ai portelli di ispezione. Apriamo il secondo, che si sblocca senza difficoltà, e torniamo giù nella pancia della nave. Le lampade al soffitto sono finalmente accese e adesso tutti e quattro ci dedichiamo a controllare palmo a palmo lo scafo, alla ricerca di eventuali falle o incrinature che possono esserci sfuggite alla prima ispezione. Trascorre una buona mezz'ora così, in silenzio, con la debole eco dei nostri passi sull'acciaio che rimbomba e i colpi sferrati con la mano per saggiarne la resistenza. Senza esagerare, che si scassa tutto. Adesso che è tutto illuminato, possiamo anche apprezzare la magnificenza di quel carico stipato. Il paese di Bengodi del pesce surgelato. Saranno più di duecento scatole, a prima vista della medesima dimensione. Cazzo, vuoi vedere che sono davvero seicento tonnellate di pesce? Una volta preso il mare, trainata la barca e consegnata alla Capitaneria di porto di Oristano, si dovrà stabilire il risarcimento spettante alla Siresa Mare Spa secondo le convenzioni vigenti. E con questa mole di pesce in pancia – che andrà immediatamente all'asta con tutta probabilità – ballano davvero tanti soldi. Una percentuale dallo scafo, un'altra derivante dal carico. Si parla di milioni di lire. E involontariamente, fuori posto e prematuro in questa notte di vigilia, mi scappa persino un bel sorriso.

Ma dura un lampo. Tiro su la zip della giacca a vento e chiamo Carmine.

«Come saranno messe le serpentine?».

Per poter raffreddare il carico e tenerlo a una temperatura costante, le stive possono essere isolate termicamente tramite diversi materiali, con intercapedini di pannelli di sughero, con lana di vetro o con una schiuma di poliuretano espanso. Qui dentro, molto probabilmente, ci sono generici pannelli di sughero che sicuramente non sono mai stati sostituiti e si sfaldano fra le dita appena li tocchi. L'impianto frigorifero funziona tramite la vaporizzazione di un liquido che assorbe dall'esterno le proprie calorie e raffredda la temperatura all'interno. Solitamente viene usato il freon, un composto di cloro e fluoro che è insapore, inodore e incolore. E come tutte le cose che sembrano innocue a prima vista, può rivelarsi molto pericoloso. Specie in mare. Lascio Georgos ed Efisio a ispezionare il carico mentre io e Carmine torniamo fuori con la scaletta e rientriamo in sala macchine diretti alla sezione frigorifero, a proravia del motore, per occuparci dei compressori. Sono una decina, dal lato opposto rispetto al gruppo elettrogeno, collegati alle serpentine di rame che devono incanalare il gas refrigerante nelle stive. Carmine si avvicina e tira fuori i suoi attrezzi. Da come scuote la testa capisco che non è il caso.

«Qua è tutto spento, Achì».

«Forza, accendiamole».

«Eh... sarà saltato l'impianto, tocca metterci mano da zero. Ci vuole tempo».

Avercene di tempo. Non ho nessuna intenzione di restare qui piantato mentre quel ben di Dio si scongela. Esco per l'ennesima volta, un vai e vieni, un sali e scendi che inizia a snervarmi. Torno sul ponte facendo attenzione a non cascare in mare, pesco il VHF dalla sacca ma so già che tentare di contattare direttamente l'ufficio della Siresa Mare Spa a Cagliari è un tentativo disperato. Eppure ci devo provare.

«Diego, passo».

«...».

«Diego, mi senti? Passo».

«...».

«Diego, qui Achille. *Izmir* in nostro possesso, dobbiamo procedere al salvataggio, passo».

«Diego... ci sei? Passo!».

Attendo, tento e ritento più volte. Faccio avanti e indietro sul ponte ma non c'è nulla da fare. Rimetto mano alla sacca, recupero un po' di gettoni, mi inginocchio vicino a uno dei portelli, ficco la testa dentro e chiamo Efisio che si avvicina, sale le scalette e mi raggiunge sul ponte.

«Prendi la mia macchina, vedi se c'è un paesino qui vicino sennò scendi verso il centro abitato di Oristano, trova una cabina telefonica e chiama Diego. Ci servono due rimorchiatori per portare la *Izmir* fino al porto di Oristano».

«Ok».

«Digli di tenersi pronti a partire che se non troviamo un'alternativa, qua buttiamo tutto a mare per non morire di puzza. Ah, fai una cosa, chiama pure un frigorista e passalo a prendere direttamente tu, così ci diamo una mossa».

Efisio fa sì con la testa e in un attimo è già in spiaggia. Lo richiamo con un gesto, lui si accosta allo scafo, all'altezza della biscaggina.

«Efì, il cambio della R4 lo sai usare?» gli chiedo.

Lui mi fissa curioso, pensa che scherzo. La R4 monta un cambio manuale a quattro marce proprio accanto al volante, direttamente sotto il cruscotto. Quando sono arrivato alla Siresa faceva già parte dell'equipaggiamento e ricordo che le prime volte dover usare quel cambio a manico d'ombrello mi faceva una strana impressione, manco fossi un tramviere che apre e chiude le porte.

«Sì o no? Non ti mettere pensiero, si usa come un cambio normale».

«*Su diciu… A fueddus maccus, origas surdas*».

«Che?».

E quello, per tutta risposta, mi rassicura con un gesto della mano. Me ne torno in sala macchine per affrontare il problema del raffreddamento della stiva mentre Efisio scompare nella notte sarda. Se i rimorchiatori partiranno direttamente da Oristano, fra un paio d'ore saranno qui. E in macchina, di notte e senza traffico, da qui ci vorrà poco più di un'ora ma la vera impresa sarà trovare un frigorista disposto a lavorare la notte di Natale…

Quindici

Cammino lentamente, ma non torno mai indietro.
Abraham Lincoln

Intanto ad Atene...

Quando le cose hanno iniziato a girare per il verso giusto, Konstantinos K. si è sposato. Una donna di buona famiglia, con cui costruire un futuro, senza grilli per la testa. Niente carriera, niente impicci. Una moglie, una madre, una nonna e una dote da investire nella sua attività. Mr K crede nella pianificazione rigorosa e a ben vedere, ogni passo della sua vita, fino a questo punto, si è svolto come in una lista di obiettivi da raggiungere, uno dopo l'altro, con rigore e metodo. Ecco uno di quegli uomini cresciuti sui moli, il porto era la sua casa, il mare il suo business. Al momento giusto, aveva ampliato il suo giro, iniziando a frequentare il miglior club nautico di Atene, l'Athens Marina, entrando dal cancello principale, non più di straforo e con il favore delle tenebre come quando era un adolescente che si concedeva un giro fra le passerelle. Oggi, invece, è un uomo temuto che passeggia lentamente sulle banchine del molo, tenendo d'occhio gli ormeggi, sempre a caccia di affari e occasioni. Nonostante il benessere raggiunto con il sudore, Konstantinos K. non ha nessuna intenzione di dimenticare da dove viene, quel passato che si era lasciato alle spalle ancora oggi gli ruba il fiato nelle notti insonni, celandosi nei contrattempi, negli intoppi delle trattative, negli inganni levantini, nei capricci delle correnti, nelle tempeste inattese. Da qualche parte aveva letto che tutti invidiano i giorni perduti. C'era persino uno scrittore francese, un tale che andava alla ricerca di questo fantomatico tempo rubato, sottratto, perduto. O qualcosa del genere. Ma lui cos'avrebbe dovuto fare, giunto alle soglie dei cinquant'anni, guardarsi indietro e rimpiangere i giorni andati? Nelle estati trascorse con lo zio a Rodi, dall'alba al tramonto sui moli, sette giorni su sette, sotto la pioggia e il solleone, ad aiutare uomini che puzzavano di ouzo tendendo loro le sue mani sporche di pece con la pelle intrisa dei vapori del gasolio mentre doveva già scappare ad aiutare le loro mogli piene di gioielli a scendere dalle barche, caracollando sulle passerelle con la certezza di non poter mollare la borsa e con il timore che il vento facesse volar via il cappello a tese larghe e poi eccolo, sempre a correre, avanti e indietro con le cime fino al tramonto, facendo e sciogliendo nodi a occhi chiusi, prostrandosi, tendendo la mano, ripetendo come una scimmietta ammaestrata quella formuletta per turisti:

Kaliméra. Efcharistó. Kalés diakopés.
Buongiorno. Grazie. Buona Vacanza.
Kaliméra! Efcharistó! Kalés diakopés!
Buongiorno! Grazie! Buona Vacanza!

Una, dieci, cento volte al giorno e qualche spicciolo, talvolta persino un paio di dracme, scivolavano da quelle mani grassocce e ingioiellate come segno di benevolenza, la buona azione che avrebbero dimenticato solo un attimo dopo, troppo prese a far finta di non guardarsi intorno con la sicurezza di essere al centro delle attenzioni di tutti, dall'armatore famoso con le tasche piene di banconote fino all'ultimo dei mozzi. Quelle infinite giornate avrebbero dovuto mancargli? Sul serio? Ogni moneta che guadagnava doveva consegnarla a suo zio. Certo, aveva provato a fregarlo e la lezione da imparare e mandare giù era stata dura.

Conforto nelle donne e nell'alcol? Poco e malvolentieri, non che gli mancasse la voglia ma il suo desiderio più forte non era quello di stordirsi o affondare fra le loro cosce, semmai quello di tirarsi fuori da quello schifo e scegliere il proprio destino. Tutte le sere, prima di mangiare e mettersi a letto, prima che la giostra ricominciasse, tornando verso casa di suo zio aveva preso l'abitu-

dine di andare alla chiesa di San Gerasimos, gli piaceva quella minuscola parrocchia in mezzo ai palazzi del centralissimo quartiere di Omonia, era un'oasi lontano dalla puzza di nafta, dai clacson del traffico che sferragliava là attorno. Poteva prendersi un momento solo per lui e sebbene suo zio fosse un tipo rozzo tollerava quella sosta fuori itinerario del nipote – che nutriva a moussaka, feta e la domenica sera, eccezionalmente, souvlaki – perché era religioso e scaramantico.

Sacro e profano, come tutti gli uomini di mare.

Proprio com'era diventato lui.

E intanto la notte, buia e silenziosa, incombeva su Atene come una carezza sul corpo assopito di una bella donna, un drappo di velluto che tutto celava. Sua moglie gli aveva servito un caffè alla turca, forte e amaro. Aspettando che si depositasse sul fondo, lui si era alzato e aveva già steso una mappa nautica al centro della grande scrivania di quercia. L'aveva avuta da un cliente che stentava a saldare quanto pattuito. Forse pensava che bastasse il suo nome di famiglia. Ma le cose non funzionavano così, dovevano capirlo tutti, sarebbe bastato un cedimento perché crollasse tutto il castello. Un debito da saldare nasce impellente ma a furia di rimandi e ritardi, si dilata, viene soppiantato da altre scadenze e finisce per diventare una scocciatura, una messa in scena. A meno che non si intervenga prima. E così una mattina era passato a prendere due ragazzi al porto, gli aveva pagato un caffè e una porzione di baclava e mentre loro si godevano la luce abbacinante fra i palazzi del centro, aveva chiamato il suo debitore un'ultima volta, da una cabina telefonica a due passi dalla casa di quell'uomo che non onorava la parola data. E ancora altre scuse, ancora parole vaghe. Era il piccolo scricchiolio che tutti aspettavano? Il mare è una landa di predatori, nel suo caso il rischio d'impresa era quello di non essere più considerato famelico, implacabile, cinico. Sarebbe finito a lucidare le battagliole con lo spazzolino da denti? Avrebbe accettato l'ennesima scusa? Si era fumato una sigaretta d'importazione, una MS italiana, prenden-

dosi il tempo di rompere il sigillo, aprire la carta e tirarla fuori con le unghie. E dopo aver spento la cicca, aveva fatto un cenno ai ragazzi. Erano entrati dal cancello principale, una mano sulla porta sfruttando l'esitazione della domestica che non aveva mai visto gente così passare dall'ingresso principale, dritti nello studio di quell'imprenditore. Senza aggiungere una parola, la sua bella scrivania l'avevano presa in spalla e via fino al furgone. Quello ovviamente aveva alzato la voce, minacciando di chiamare la polizia, ma era bastato uno sguardo di Konstantinos K. per chiuderla lì.

La fame contro la paura.

La forza contro la viltà.

Carnefice o vittima, il resto sono solo chiacchiere.

Adesso, stanotte, sedeva dietro quella stessa scrivania che era stata parte del mobilio per intere generazioni di una ricca famiglia di Atene. Sulla mappa aveva già tracciato la rotta del cargo, da Port Mahon fino ad Atene, scendendo lungo la costa, tagliando nel mar di Sardegna e poi il Tirreno, costeggiando la Calabria fino ad arrivare a destinazione, con il suo carico. Ma il mare si era messo di traverso. Con le dita fece il tragitto all'inverso, da Atene verso Minorca e Port Mahon, fermandosi all'altezza della Sardegna, proprio di fronte all'isola delle Baleari. Che fine poteva aver fatto? Quella rotta era fondamentale per muovere la merce verso Atene e Istanbul ma i sequestri dell'ultimo mese avevano fatto crescere il rischio e i costi in modo sensibile. La nave era finita sugli scogli, si era aperto uno squarcio e beccheggiava in mare aperto o era ancora sana e salva ma dispersa? In ogni caso, toccava andarsela a riprendere. Nessuna incertezza era ammessa. Il sorso di caffè lo scosse con la forza di uno schiaffo in pieno viso, squarciando la notte. Adesso che aveva quasi cinquant'anni, di una cosa era certo: i libri sono i libri, la vita è la vita. La malinconia e i ricordi erano solo una clamorosa stronzata. Nessuno aveva il coraggio di ammetterlo ad alta voce. Nessuno, tranne Mr K.

Sedici

Dobbiamo andare avanti,
perché tornare indietro non si può.
Robert Louis Stevenson

È notte fonda. La notte di Natale del 1981. E noi ci troviamo nella golfatina di Santa Caterina di Pittinuri, a bordo di un cargo battente bandiera boliviana arenatosi sulla spiaggia con il suo carico di centinaia di tonnellate di pesce surgelato. Siamo in attesa che accada qualcosa. Efisio è andato via da un pezzo, spero torni con l'albeggio in buona compagnia ma ora come ora non so cosa darei per un buon caffè, stretto e forte. Sono sul ponte e guardo l'orizzonte, nell'incavo della mano, proteggo dal vento l'ennesima sigaretta che si consuma lentamente. Le creste bianche delle onde al largo sono minacciose, il vento di maestrale non accenna a diminuire. Il bollettino nautico fa spesso cilecca ma stavolta ha parlato di burrasca e ci sta prendendo in pieno.

Se adesso non fossimo in questo casino, se potessi disporre del mio tempo e fossi libero di esprimere un desiderio, più di ogni altra cosa, vorrei che fosse estate con uno schiocco delle dita per poter tornare nello specchio di mare che si trova sotto la Sella del Diavolo. Mi infilerei la muta, per immergermi e non pensare a nulla. Un posto di cui mi sono innamorato subito, *Sedd'e su Diaulu*, come la chiamano qui, con la loro lingua gutturale, profonda, sorda al passare del tempo. Il brevetto l'ho preso appena sono arrivato a Cagliari. Avevo bisogno di uno spazio in cui nessuno potesse raggiungermi e cosa poteva esserci di meglio delle profondità del mare? È tutto un rituale e io sono un tipo scaramantico. Mi piace che ci sia un preciso ordine di mosse da seguire per ragioni di sicurezza che comincia quando prendo le bombole e le porto al molo per farle ricaricare di ossigeno. Prendo una coppia di Draeger, inserisco la valvola di respirazione e provo la guarnizione, risucchiando ed espellendo l'aria dall'erogatore di gomma. Una, due, tre volte. Le mie mani sono grandi, le unghie sono cortissime per quel brutto vizio quando mi prende il nervosismo. Le giro e le guardo, sui palmi ampi e bianchi ci sono calli e scottature che le attraversano come rilievi montuosi, creste e avvallamenti di una tonalità più chiara e dalla grana più spessa, eredità delle gomene e degli anni passati in mare, fra nodi e salsedine. Ogni segno ha una sua storia da raccontare, una mappa della mia vita. A quel punto, inizio a vestirmi. Qui in Sardegna, nello specchio di mare prospiciente la Sella del Diavolo, al largo della spiaggia del Poetto, da marzo a novembre la temperatura dell'acqua è sempre quella giusta e il fondale è cristallino, il posto perfetto per farsi accogliere, prendere il largo, dissolversi nelle onde una bracciata dopo l'altra. Mi piace ripetermi che mi immergo per rimuovere e allontanarmi da tutto ma è una bugia e finisco sempre per annodarmi nei ricordi che vorrei dimenticare. Scelgo una muta di neoprene a maniche corte, con un cappuccio e una cintura zavorrata, una piccola fune di nylon con appesi quattro piombi da un chilo ciascuno, per trovare e poi mantenere il giusto equilibrio. Bisogna tenersi sempre sul filo, fra la spinta dei pesi che tendono a farti scendere e la tua capacità di muoverti e risalire verso la superficie, senza schizzare via troppo velocemente che si rischia di farsi scoppiare i polmoni per un embolo.

Salgo a bordo del gommone, mi assicuro di avere con me la boa di segnalazione, la aggancio alla cintura e punto al largo, poggiando il sedere sulla gomma ruvida del bordo. A quel punto, con un colpo di polso ruoto la manopola e do gas, planando sulla superficie, prendendo velocità, sono solo una scia, una traiettoria verso il mare aperto. Ma non ci siamo ancora. Il motore fuoribordo spinge, sputo sul vetro della maschera, la pulisco con cura e la risciacquo, sfiorando l'acqua del mare con i polpastrelli. Quando arrivo abbastanza al largo, all'altezza di una secca che ho imparato a individuare, calo l'àncora avendo cura di non farla incagliare e afferro le pinne, nere con il tallone giallo acceso. E prendo anche il coltello che aggancio sulla cintura. Mi basta quello, almeno voglio sperarlo, non vado a pesca, voglio solo andare giù, rompere la superficie e scendere. Se dovessi fare qualche brutto incontro, magari una razza con quell'aculeo portentoso sulla coda capace di mandarmi in shock anafilattico, spero che una lama affilata e del sangue freddo mi possano cavare d'impaccio. A quel punto sono pronto. Avvito il regolatore in cima alle bombole e controllo, una volta ancora, che tutto fili liscio. Mi sposto sul tubolare, aggancio la boa di segnalazione alla caviglia e mi guardo intorno, mentre afferro la catenina di maglia marinara che porto sempre al collo con infilati un paio di o-ring, le guarnizioni di ricambio per l'attacco dell'erogatore. C'è una antica leggenda legata a questo posto, a questo ammasso di roccia sedimentaria che divide in due il golfo degli Angeli. Efisio mi ha raccontato che addirittura Lucifero in persona, l'angelo caduto dal paradiso e ripudiato, seguito da una schiera di diavoli, voleva impossessarsi del golfo, estasiato dalla sua bellezza, dopo esser risalito dalle fiamme dell'inferno. Ovviamente il buon Dio non poteva tollerare l'affronto e gli spedì contro il suo campione, l'arcangelo Gabriele. Lucifero venne sconfitto, disarcionato da cavallo, piombò nel promontorio e la sua sella, toccando le acque del golfo, si pietrificò, dandogli proprio questo aspetto caratteristico. Efisio crede che in queste acque ci siano ancora gli angeli di pattuglia. E, come se non bastasse, «Quando tira maestrale, davanti alla Sella il mare sempre piatto è» dice lui. Sfoderando una verità assoluta e incontestabile, un tocco di protezione celeste, che rende questo posto ancor più speciale per tutti i lupi di mare.

Nel frattempo, sono arrivato abbastanza al largo. Tiro un paio di respiri profondi, mi faccio il segno della croce e mi lascio andare di schiena, sprofondando in quel blu che diventa rapidamente nero mentre le lame di luce solare fendono le profondità, fra pesci che guizzano e le alghe che si protendono dal fondale come spettrali braccia fantasma. Inizio a pinneggiare. Dovrei forse aver timore se il mare è pieno di insidie in superficie, quaggiù è decisamente molto peggio e so bene che non ci si dovrebbe immergere mai da soli. Ma io ne sento il bisogno. Al punto che, mentre le orecchie si chiudono e il respiro si fa ritmato inspirando aria dal respiratore ed espellendo bollicine che fuggono via, mi sento stranamente al sicuro, molto più che in superficie. Trattengo il fiato, il silenzio è totale. Ed è qui che solitamente mi attendono al varco i ricordi, come se galleggiassero a una precisa linea di profondità, in agguato. Quando ho deciso di venire a Cagliari, di accettare questo incarico e cambiare la mia vita per sempre anziché intestardirmi sui miei sogni, ho agito d'impulso. Questa città, i rimorchiatori e il Cavaliere sono stati un insperato piano B, e le cose sono cambiate in fretta. Cosa avrei voluto? Lo domando a me stesso mentre pinneggio e mi muovo fluido in mezzo alle correnti fredde che mi spingono verso il fondale. Quando mi immergo il corpo scompare, non c'è più alcun peso sulle mie spalle, tutto cede nel fluire della marea e al contempo sento una massa d'acqua incombermi addosso. La prima volta che mi sono immerso sono sceso tanto e troppo in fretta, attirato da questo nuovo mondo che si spalancava improvvisamente ai miei occhi. Sono bastate una maschera e la curiosità per rivelare colori e sfumature che restano invisibili a chi non accetta di scendere sotto la superficie, cogliendo lampi di luce bluastra, gli occhi curiosi dei pesci, i movimenti a scatti dei crostacei e tutta la bellezza, l'imponenza del regno marino.

Ma il primo impatto non è stato un battesimo felice per me. Per fortuna non ero solo quella volta, mi hanno raggiunto facilmente con qualche colpo di pinna e mi hanno afferrato per una gamba. Ricordo bene lo spavento, la presa ferma delle mani sulla muta e per un attimo la certezza che fosse già tutto finito. Poi, come se non bastasse, ho guardato in alto. Ed è stato panico. Quanto cazzo ero sceso, quanti metri mi ero spinto verso il fondale? Pensavo fossero quattro o cinque e che fosse tutto sotto controllo, attirato dai contorni di una grotta e da un piccolo branco di pesci azzurri che vi s'infilava dentro scomparendo, sfuggendo al mio sguardo. Allora, quanto mi ero immerso? Mi hanno fatto gesti eloquenti con le dita. La V di vittoria e un pugno chiuso. Venti? Venti metri, condendo il tutto con gorgoglii e insulti per il solito principiante tutto coraggio e zero cervello. Ero sceso a venti metri. Ho girato la testa a destra e sinistra e poi ancora in alto e quel muro bianco in alto, lassù, mi è sembrato incombere, schiacciandomi giù come la lastra di cristallo di una tomba, impossibile da sfondare. È questione di attimi, il panico sbuca fuori all'improvviso come un ladro nella notte, si infila sotto la zip della muta e punge il cuore che si stringe e si fa piccolo piccolo. E poi sono scattato, con un colpo di reni mi sono spinto in alto verso la superficie per raggiungerla più velocemente possibile. Ma il maestro di sub se l'aspettava. Ha teso le mani e mi ha parato, mi ha afferrato, sgusciavo ma sentivo i suoi palmi chiudersi sulle caviglie e poi, in quel dimenarsi, una pinna mi è scivolata fuori dal piede rimanendogli in mano finché, dopo un paio di colpi a vuoto, mi ha abbrancato dalla vita e mi bloccato in un turbinio di bolle d'ossigeno che ci hanno avvolti portandosi via insulti e gestacci. Il mare può essere un compagno di avventure ma è tentatore e menzognero. Eccola la prima lezione da mandare a mente e in un attimo capisci che sei in un regno che non è il tuo. Pinneggi e puoi andare a caccia con un coltello o un fucile ma davanti al pericolo, immerso a venti metri, non puoi assolutamente risalire anche se l'istinto di sopravvivenza ti spinge a farlo, e allora puoi solo scendere a patti con la paura e mentre un polipo ti punta o un'anguilla elettrica si interessa un po' troppo a te, devi sempre mantenere la calma. Ti godi la bellezza dei fondali e quel silenzio totale, rotto solo dal rumore del tuo respiro e dal sibilo delle pinne, sempre pronto a tutto. Ecco, le regole per sopravvivere sott'acqua sono queste ma nella vita là fuori, in superficie, come la mettiamo? Avrei voluto che Brigitta provasse a capire che ce la stavo mettendo tutta, che quei primi anni di sacrifici sarebbero passati, come tutto passa nella vita e si lascia dietro cicatrici magari ma alla fine scivola via. Ho tentato di proteggerla, di offrirmi come scudo all'avanzare del destino e ai suoi capricci, persino alla mia stessa coglioneria. Ero il capro espiatorio perfetto, un sacrificio inevitabile con il quale volevo dimostrarle il mio amore. Non volevo mi dicesse grazie ma non mi aspettavo tutto quello che è venuto dopo. E anche se ho le mie colpe, non meritavo certo quest'inferno. Ecco qua, alla fine l'ho detto. Tanto sono sott'acqua e non mi ha sentito nessuno.

Diciassette

Nulla è realmente accaduto finché non è stato descritto.
Virginia Woolf

Adesso siamo nelle mani di Diego. Efisio è partito nel cuore di questa strana notte, si è messo al volante della Renault e chissà in queste lande quando troverà la prima cabina telefonica. L'ufficio della Siresa Mare Spa è composto dal bivani che si affaccia sul porto ma esattamente al piano di sotto c'è una stanza. Quello è il regno di Diego. Uomo di fiducia del Cavaliere, è cresciuto fra le bitte e le cime, giocando interminabili partite a briscola sulle cassette di legno, in piedi, aspettando il prossimo ormeggio, con l'occhio furbo che hanno quelli che sanno chi deve vincere l'ultima mano e al momento giusto, calano le carte per non farsi male. Diego è di Caserta, perciò con Carmine si pizzicano un po', uno sempre a parlare della Reggia, l'altro che si riempie la bocca con il golfo di Napoli, uno a magnificare e l'altro che viaggia per iperboli fra panorami, monumenti e che vogliamo paragonare le donne di Napoli alle casertane? E viceversa, del resto in qualche modo il tempo bisogna pure ingannarlo.

Noi ci arrangiamo con un tavolo di fòrmica, un divano letto e una radiolina nera mentre Diego ha le carte nautiche, una brandina e, sul tavolo al centro della stanza, la sua postazione con un baracchino, ovvero un apparato ricetrasmittente che permette di trasmettere e ricevere informazioni vocali utilizzando una frequenza radio, localizzata sui 27 MHz. La banda di frequenza bisogna immaginarsela come una stringa di liquirizia suddivisa in quaranta tacche, quaranta canali: una volta selezionato uno di questi canali, due o più persone possono comunicare fra loro sulla stessa frequenza. Il Loran, l'antenna a lungo raggio piantata sul tetto, è il prolungamento meccanico di Diego, che da quella stanzetta capta le frequenze della Capitaneria e Radio Cagliari – dove lavora il nostro prezioso amico Davide. Diego è fondamentale quando siamo in mare aperto per un recupero e al contempo lo è nei tempi morti, in cui tutto sembra fin troppo tranquillo. Io, Carmine ed Efisio facciamo i turni ma capita che ci prendiamo qualche libertà: una pennichella, una passeggiata per sgranchirci le gambe. Diego invece dev'essere sempre in ascolto. Quando faccio le scale e passo da lui a prendere il caffè è tutto un frusciare di frequenze e codici e "passo" e "ricevuto", una roba da impazzire. È pronto a intervenire, ad afferrare la ricetrasmittente e riportare le coordinate su un blocco per girarle a noi. Ma per il resto, altro non fa che aspettare. Sembra una cosa semplice, ma anche per lasciar passare il tempo bisogna saperci fare. Poi, al sorgere del sole, sfruttando un momento di quiete apparente, scende giù al bar vicino alla cortina del porto e si prende un espresso e una pizzetta salata. Un'accoppiata da brividi, per me che sono cresciuto a dolci di ricotta e paste di mandorle al mattino. Il suo rituale d'inizio giornata si completa quando, dopo aver comprato *L'Unione Sarda*, torna su in postazione e butta una voce dalla tromba delle scale per avvertire chi di noi si trova all'ascolto che è rientrato. Sul suo tavolo sistema il giornale e fra le pagine della cronaca, con metodo, cerca i riscontri delle nostre imprese – di cui giustamente si sente parte integrante – incrociando a memoria i nostri rapporti con le informazioni rilasciate dalla stampa. Ritaglia l'articolo e lo gira via fax al Cavaliere, direttamente a Posillipo o nella sua villa a Capri; infine lo ripone dentro una busta di plastica che poi sistema in uno dei raccoglitori ad anelli allineati sulla parete alle sue spalle. Ogni volta che Diego scende a prendersi un tramezzino deve sincerarsi che ci sia qualcuno a coprire le frequenze.

Proprio questa procedura così rigida garantisce il successo

del compito affidato a Efisio, per cui l'ipotesi che stanotte non sia all'ascolto e a portata del telefono non è nemmeno contemplata. Dopodiché, si sarebbe subito attivato, avrebbe chiamato al telefono la Capitaneria di porto per richiedere lo sblocco e il via libera per far uscire due rimorchiatori a recuperare la *Izmir* per ricondurla verso il più vicino porto. Che in questo caso è ovviamente Oristano.

Quando chiamerà, mi auguro che dall'altra parte ci sia di turno Zeno, almeno ci sbrighiamo velocemente.

Aspettare per aspettare, non resta altro da fare e intanto torno in sala macchine. Carmine sta lavorando carponi. Ha smontato un pannello e dietro ci sono le serpentine di rame, come ghirigori barocchi che si arrampicano lungo la fiancata della nave. Le serpentine adesso sono tutte accese e i filamenti arancioni si colorano di bianco.

«Cazzo! Ci sei riuscito».

Lui gira la faccia ed è tutto un sorriso.

«Hai visto?».

«Mizzica, troppo forte».

Mi frego le mani, abbiamo portato a casa un gran risultato e allora non resta che mettersi comodi a guardare la notte passare. Intanto è già trascorsa un'ora abbondante da quando Efisio è andato via, mi sono fatto un giro per controllare meglio e confermo, questa nave è proprio una schifezza. Me ne torno in sala macchine, Carmine è sempre al lavoro e sarà che l'adrenalina è calata, sarà l'oblò scassato o che si sente il pizzicore della stanchezza, ma inizia a fare freddo davvero e ogni parola si fa pesante. In quel momento Carmine dice:

«Achì, io ci penso e ci ripenso».

«A cosa?».

«Eh…».

Lo guardo fisso. A Carmine voglio bene e questo significa anche che, ogni tanto, mi toccano queste sue sortite.

«Voglio dire» e si gira a guardarmi con la chiave inglese in mano, «sei alto, hai un bel lavoro di responsabilità, la notte devi dormire sogni tranquilli, mica puoi stare a fumare sigarette e pensare a cosa non funziona e se dopo ogni litigio tornerà a casa con la bambina. Si pure 'nu bellu guaglione, ma che t'importa?».

Faccio per andarmene e quello continua.

«Che poi, Achì, ti parlo da fratello eh, te la posso dire una cosa? Quelli si pensano che solo Venezia è bella, e ci scassano la *'uallera* con le gondole e il baccalà e piazza San Marco e i vaporetti come se la bellezza fosse tutta loro, hai capito o no? E allora Posillipo e il Cristo Velato? E Sorrento? E Casamicciola, non ti piace Casamicciola? E Capri?».

«Non mi parlare di Capri».

«Ah, scusa Achì, tieni ragione».

E finalmente si zittisce, si gira e si mette a fischiettare *Besame mucho.* Il problema è sempre quello, i ricordi se ne vanno per il loro verso e non chiedono il permesso di rovistare nei sentimenti. Quando con Brigitta ci siamo trasferiti a Cagliari e abbiamo lasciato Venezia di gran carriera, ero consapevole che ci stavamo imbarcando in un'avventura inedita. Cagliari è tutta mare e caratteri spigolosi, un orizzonte sconfinato in cui è facile perdersi. Ma Venezia è diversa. E così io uscivo la mattina presto, mi chiudevo alle spalle la porta di casa, scendevo le scale e andavo al porto di Cagliari e lei, invece, avrebbe dovuto reinventarsi lontano dalla laguna, dalle gondole, le calli e le accademie d'arte in cui era una delle favorite grazie ai suoi lunghi capelli dorati, le gambe affusolate e quell'aria maliziosa. Da un momento all'altro, un cambio di scenario scioccante. Giorno dopo giorno prendevo confidenza con il mondo tutto nuovo dei rimorchiatori, la brutale potenza dei motori diesel, le tecniche di recupero e di salvataggio in alto mare. Carmine mi ha passato le consegne sul campo senza fare un fiato e i primi tempi spesso pranzavamo con il Cavaliere, fra portuali e ufficiali della Capitaneria. Dall'Accademia alla Siresa, eccomi in un altro ambiente tutto maschile e pieno zeppo di testosterone. E Brigitta? Quando rientravo a casa, stanco ma pieno di adrenalina, salivo gli ultimi gradini di corsa e spesso la trovavo lì, seduta sul gradino della porta di casa o fuori, sul terrazzino, con il tramonto che era già un ricordo e un bicchiere di vino bianco. Solo uno scamiciato indosso e il suo sguardo puntato dritto su di me. Un po' come quella prima volta a Venezia, seduta di spalle sulla bitta. I primi mesi c'erano le notti a tenerci insieme, quelle lunghe chiacchierate fino all'alba, uscire alla scoperta della città, un mucchio di parole e la voglia di esserci l'uno per l'altra facendo progetti su progetti. Ma da un giorno all'altro sono cominciati i turni di notte e quando si usciva per un recupero in mare – magari con una tempesta o durante una bufera con il vento forza 7 – al mio rientro la ritrovavo terrorizzata. E incazzata nera. Le avevo regalato una radiolina precisa a quella che avevamo in ufficio, per portare un po' di musica fra quelle mura bianche che, dopo un iniziale sconcerto, Brigitta aveva cominciato ad abbellire e insieme – si accovacciava sulle mie gambe, raccogliendo le sue – ascoltavamo i bollettini nautici. Sì, ci abbiamo provato. E poi il tempo ha iniziato a correre veloce, sempre più veloce, spingendoci l'uno distante dall'altro. Voi lo sapete che rumore fanno i sogni quando s'infrangono, quando si scassano e vanno in frantumi? Per me è stato l'assordante fragore del silenzio che subentra alle risate, la lunga quiete in un letto freddo, entrambi di spalle a rimuginare, troppo orgogliosi per darci una possibilità. E a quel punto non vedevo l'ora che fosse subito mattino per poter tornare al porto, a giocarmi la vita con il mare. Ecco, i ricordi fanno come cazzo vogliono, vanno e vengono in ordine sparso anche adesso in questa notte di maestrale.

Uno, due, tre colpi di clacson squarciano il silenzio e poi il rumore del motore della R4 che si spegne. Mi affaccio e vedo Efisio mentre fuori la notte è rischiarata dalla luna piena e il vento continua a ululare, quasi a sfidarci. Con il marinaio c'è anche un altro uomo, sarà il frigorista? Lo spero. Carmine gli va incontro come fosse casa sua e non una barca turca decrepita, manca poco che gli chieda se vuole una tazzina di moka. Quello è venuto via da casa nel cuore della notte di Natale, vorrebbe essere sotto le coperte o altrove, ma certo non qui. Si chiama Elias. Poggia la borsa degli attrezzi per terra con un gran rimbombo e si mette le mani sui fianchi della salopette che, incredibilmente, è già sporca di grasso ancor prima di cominciare, di quel sudiciume ormai radicato nelle fibre di cotone che non si sa più quale possa essere il colore originale. Ai piedi delle brutte scarpe sformate, scarpe da lavoro e i capelli sono un po' unti, spettinati dal vento. Guarda tutto silenzioso mentre gli spiego che giù c'è un grosso carico di pesce e poi si fa portare nella stiva. Dovrebbe essere tutto a posto ma il viaggio per mare non sarà comodo e voglio essere sicuro che non si spacchi tutto alla prima onda. Dopo altri venti minuti, sempre senza aprire bocca, risaliamo tutti in sala macchine. A quel punto si gira con un sorriso e mi fa:

«Ingegnere, meno male che sono venuto io».

«Perché?».

«Non funziona?» dice Carmine, apprensivo.

Il sorriso si apre, mostra una dentatura piuttosto sparpagliata e fa:

«Il freddo non lo dovete fare in sala macchine…».

«Eh?».

«L'espansione del gas non serve in sala macchine ma direttamente nella stiva. Solo qua fa freddo, tanto che fra poco ci congeliamo».

«E sotto?».

«Nella stiva non sta arrivando nulla».

Mentre io inizio a capire il guaio, lui dà un colpetto di chiave inglese a una serpentina in quel groviglio di filamenti. Sono tutte bianche e mezze congelate. Con un suono sordo, un pezzo di brina si stacca dai circuiti e cade giù. Mi giro e guardo Carmine. Senza dire una parola che arrivati a un certo punto, lo so bene anch'io, sono sopravvalutate.

«E il carico? Come facciamo?».

«Ingegnere, si risolve» mi risponde lui al volo. «Lasciatemi lavorare così me ne torno a casa».

Efisio mi si accosta: «C'è un'altra novità».

«Ancora?» sbuffo.

«*Is cuaddus si biint a sa torrada*» replica sornione. I cavalli si vedono all'arrivo.

Poi mi dice che Diego, già allertato dal Cavaliere, stava aspettando una nostra telefonata per muoversi e andare in Capitaneria di porto e far partire i rimorchiatori diretti alle nostre coordinate. Ma quando ha chiesto lo sblocco di due mezzi per venirci a recuperare e ha fornito le coordinate, lo hanno informato che la proprietà del carico si era già attivata per spedire a bordo un ispettore del carico.

«Sei sicuro, Efisio?».

«Eh, così mi hanno detto».

Un'altra bella rogna per noi.

Di solito si tratta di esperti che vengono contattati direttamente dai proprietari del carico, inviati sul luogo delle emergenze per controllare in primo luogo che il carico sia stato effettivamente stivato e che sia stato fatto in modo sicuro; eventualmente ha anche la facoltà di chiedere all'equipaggio di intervenire per assicurarlo con cavi e contrappesi, rispettando le norme di sicurezza. E in questo momento, visto che siamo intervenuti e subentrati, dovremmo farlo noi stessi. Con il mare che ci aspetta, ci manca solo che ci mettiamo a fare i camalli in questa maledetta notte di Natale.

Mi accendo un'altra sigaretta ed esco fuori. Il tempo passa senza che noi possiamo fare nient'altro che una cosa, aspettare. Sarà che lassù non ci sono nemmeno le stelle a rincuorarmi, ma mi torna in mente il salvataggio di qualche mese fa, un'altra storia da far venire i brividi. Era appena settembre, una di quelle sere che ti vien voglia di fare tardi con gli amici, una notte senza stelle proprio come questa. Tornato a casa, ero uscito sul terrazzino a controllare le rose e con una bottiglietta di Coca-Cola ghiacciata in mano stavo predisponendo tutto per uscire l'indomani e immergermi alla Sella del Diavolo. Intanto il giradischi suonava senza sosta accompagnando le boccate di sigaretta. Il pianoforte veloce di Petrucciani, la voce strafottente di Renato Carosone e quella ruggente di Ray Charles:

I got a woman, way over town
That's good to me, oh yeah
She saves her lovin', early in the mornin'
Just for me, oh yeah.

Il turno di notte era coperto e io avevo solo voglia di fondali e di silenzio in cui perdermi. Finché nel cuore della notte squilla il telefono. Era Diego. I carabinieri di Cagliari lo avevano allertato dopo aver ricevuto la telefonata di un turista che si era perso il gommone.

«Vabbè, un gommone».

«Ma a bordo c'erano la moglie, il cognato e anche il cane di famiglia».

«Ah. Ok, dammi le coordinate…».

Quel pomeriggio, il gruppetto di tedeschi si era messo in mare e con un semplice gommone avevano mollato gli ormeggi da Campulongu nei pressi di Villasimius. Volevano spingersi oltre Cala Caterina per andare a immergersi dalle parti dell'Isola dei Cavoli, che fra le due isole maggiori – Sicilia e Sardegna – è in linea d'aria l'ultimo lembo di terra prima di entrare nel Mar Tirreno, a sud-est di Capo Carbonara, nella punta estrema della Sardegna meridionale. Con una telefonata concitatissima, Martin Wolker – il capofamiglia, originario di Karlsruhe, nel cuore della Germania – ha raccontato al brigadiere che si era immerso per pescare e a bordo aveva lasciato la moglie, Frida, il cognato, Ulrich e persino il loro bastardino, Rex.

L'idea era di farsi una bella gitarella prima di tornare in patria in un sabato pomeriggio baciato dal sole, facendo poi tappa sull'isola per un picnic, in quel fazzoletto di terra in cui c'è un piccolo faro di nemmeno quaranta metri costruito sui resti di una torre difensiva spagnola, un parallelepipedo dipinto di bianco con fascioni grigi orizzontali. L'isola è quasi tutta granitica, sulle mappe un puntino appena e a prima vista decisamente inospitale, ma proprio qui un mucchio di persone si sono rifugiate durante la Seconda guerra mondiale e questa manciata di scogli non è stata toccata dalle bombe, essendo così piccola da sembrare innocua. Insomma, faccio il solito giro di telefonate, dovevamo essere i soliti quattro della Siresa Mare Spa ma Carmine era ancora a Napoli per cui, visto che Diego non poteva assolutamente lasciare la postazione radio, ho chiamato Zeno Parodi, direttamente al comando della Capitaneria di porto a Cagliari. Quando penso a casa mia, se chiudo gli occhi vedo le acque azzurre del mare di Mondello, il Tirreno in tutta la sua fierezza. Lui invece si è tatuato sull'avambraccio una parola – *Audace* – riferita al molo Audace che si trova in pieno centro, sulle rive di Trieste e quando lo prende la nostalgia, mi racconta sempre di questo bagno pubblico, *El Pedocin*, in cui l'ingresso a mare di uomini e donne è diviso da un muro di calce bianco lungo una settantina di metri, che corre fin dentro il mare.

«*Pedoci* significa cozze, che crescono abbondanti in quello specchio di mare, ma può anche darsi che si chiami *pedocin* perché lì i militari andavano a togliersi i pidocchi…».

«Ma perché il muro?» ho chiesto. «A che serve?».

«Sai» ha detto Zeno, «noi triestini amiamo farci i fatti nostri. Siamo gente di mare ma abbiamo a due passi boschi e montagne. Teoricamente quel gran muro dovrebbe proteggere la decenza ma posso garantirti che non è così…».

Zeno si è infilato una maglia pesante e una giacca a vento e quando è salito a bordo della R4 rosso fuoco, Efisio si è ammutolito mentre Georgos, al solito, pensava alle cose sue con la barba folta che emanava il tanfo dolciastro dell'ouzo. In questo strano clima, fra pensieri e sigarette, siamo partiti a bordo del rimorchiatore *Mastino.* Sono salito in timoniera e ho spinto sui motori mentre pescavo dalla mia sacca Spalding il VHF e un pacchetto di Muratti, con i gettoni che tintinnavano nella tasca laterale.

«Allora Achille, dimmi: cosa ci dobbiamo aspettare stavolta?» mi ha chiesto Zeno mentre prendevamo il largo che era già notte fonda. Gli ho detto quello che sapevo. Il simpatico Martin si era immerso per la pesca subacquea e dopo un'ora, quando era riemerso, lo scirocco si era alzato e aveva strappato la cima dell'àncora, spingendo lontano il natante. Frida non sapeva nuotare e a furia di provare a farlo partire, Ulrich, suo fratello, aveva completamente ingolfato il motore rendendolo inservibile e consegnandosi mani e piedi allo scirocco che andava rinforzandosi, fra il quinto e il sesto grado della scala di Beaufort, il tutto mentre si tingeva di buio, le onde si gonfiavano in modo minaccioso, obbedienti al sussurro di questo vento che nasce in Siria.

«Ma perché le persone prendono il mare senza ascoltare i bollettini nautici?».

Quella di Zeno era una domanda sacrosanta. Nessuno pensa mai che qualcosa potrebbe andare storto. E così Martin era tornato a nuoto fino all'isola e risalendo al faro, in preda al panico aveva allertato il guardiano e fatto partire i soccorsi, lanciando l'SOS. Ecco com'eravamo entrati in gioco noi.

Abbiamo girato in mare per due ore mentre la notte calava inesorabile tingendo il cielo del golfo di Cagliari con sfumature e colori belli da far male. Con i fari abbiamo perlustrato una zona di mare tenendo in considerazione che soffiava un gran vento di scirocco che li avrebbe sospinti verso la costa, sempre sperando che non si fossero arenati sulla secca de Piscadeddus o peggio. A bordo del *Mastino* cazzeggiavamo e con Zeno allentavamo la tensione con chiacchiere banali ma ogniqualvolta rispondevamo a un SOS, dovevamo essere mentalmente pronti a ogni scenario, anche il peggiore. Se il gommone si fosse strappato, se avessero perso la testa e si fossero buttati in acqua o se il vento e la corrente li avessero sospinti verso il mare aperto ci sarebbe stato poco da fare. E questo noi tutti lo sapevamo senza bisogno di dircelo. Il tempo passava e le speranze erano sempre più flebili.

«Secondo te avranno razzi di segnalazione a bordo?

«Ma figurati» replicò Zeno, che purtroppo aveva ragione a sottovalutare le attenzioni di molti che escono in mare.

Con il VHF tenevo il contatto con la Capitaneria di porto, che su indicazioni di Zeno aveva fatto uscire anche due motovedette per coprire una zona più ampia. Poi, dal nulla, un bagliore ha squarciato il buio della notte. Lo sventolare di una torcia elettrica, fra i saliscendi delle onde che ora mostravano e ora celavano alla vista il gommone di circa quattro metri con quelli là sopra che urlavano a squarciagola. Efisio, di vedetta sul parapetto, ha urlato di rimando e fatto un gesto verso babordo, indicando qualcosa in lontananza. Ho arrestato le macchine immediatamente, Zeno è corso fuori e finalmente, eccoli. Ho controllato la posizione e intanto ho chiamato la Capitaneria con il VHF. Eravamo a circa un miglio da Capo Sant'Elia, ovvero a più di diciassette miglia nautiche dal punto in cui avevano perso il controllo. A conti fatti avevano percorso più di trenta chilometri in balìa del mare, della corrente e dello scirocco a bordo di un gommone senza nessuna possibilità di usare il motore.

Tremanti di freddo, collera e paura, Georgos li ha afferrati con la gaffa – o mezzo marinaio, un bastone di legno con un gancio di ferro alla sua estremità – non appena erano alla nostra portata, dopo avergli lanciato una fune e averla assicurata alla bitta di poppa. L'ultimo a salire a bordo è stato Ulrich, l'abbiamo afferrato di peso dal giubbino catarifrangente e lo abbiamo issato a bordo come un tonno. Invece il primo a lanciarsi è stato Rex, bagnato fradicio. Frida, capelli neri sulle spalle, aveva circa trent'anni e se lo accarezzava tutto stringendoselo al petto. Parlava un italiano quasi perfetto con una cadenza sdrucciola per via delle tante estati in Riviera romagnola.

«È stato bravissimo. Rex era a riva e quando ha visto che ci allontanavamo ha abbaiato tanto. Martin, mio marito, niente, non c'era e Rex si è tuffato in acqua, è venuto a nuoto».

«Hai capito Rex?» ha detto Zeno, porgendo una tazza di caffè solubile alla signora che l'ha accettata con un sorriso. Ulrich ha preferito un sorso di cognac e una coperta sulle spalle, dopo averci ringraziato cento volte ha detto: «Granchi non ne mangio più. Mai più», tradotto da Frida, e si è fatto dieci volte il segno della croce come un forsennato.

«Granchi?» ho chiesto. «Che c'entrano i granchi? Oh, Efisio, questo ha battuto la testa…».

«Ragione ha» ha ribattuto lui.

«Gli italiani la chiamano Isola dei Cavoli ma non c'entra! Quella si chiama *Isula de is Cavurus*. Ci crescono le piante ma questo posto è sempre stato famoso per i suoi gamberi e devi vedere che granchi. Enormi proprio!» e fa un gesto aprendo le mani come per reggere un cesto di vimini pieno di pane caldo. Sempre esagerato.

Alla fine ci siamo concessi un sorso di cognac anche io e Zeno e non appena abbiamo messo piede a terra Ulrich ha baciato il suolo del porto.

L'unica cosa sicura è che *Isula de is Cavurus* sembra un posto come tanti ma non lo è affatto. Zeno mi ha chiesto una sigaretta delle mie perché lui dice sempre che deve smettere e dopo averla accesa, mi ha raccontato che due anni fa, sul fondale a Sud, nei pressi di Cala Murta, a strapiombo fra i cespugli di mirto nero, una squadra di sub ha ottenuto il permesso per una cerimonia speciale. La pratica marittima l'aveva seguita lui stesso.

«Si sono immersi a dieci metri per deporre la statua della Madonna del Naufrago».

È la Vergine del Mare che è patrona del naufrago e protettrice dei naviganti.

«È molto suggestiva, tutta di granito. Varrebbe la pena d'immergersi lì solo per andarla a guardare» mi ha detto Zeno, «ma dubito che Frida e Rex abbiano voglia di tornarci apposta. Tu che dici?» ha ammiccato con la sua solita faccia da schiaffi. «Se la invito, secondo te lei accetta?».

Diciotto

Di fronte al mare la felicità è un'idea semplice.
JEAN-CLAUDE IZZO

Di notte la mia mente è libera, fugge via. Penso e ripenso a tutte le svolte, agli incroci, le rotte scelte, le strade che avrei potuto prendere. Alle frasi che sarebbe stato meglio non dire, trattenendo la rabbia, soffocando l'orgoglio, continuando a tenere per mano la felicità. L'illusione della scelta, il libero arbitrio e quel poco che ho studiato di filosofia rimbomba nelle mie orecchie mentre il buio cancella tutti i rumori della città e zittisce i famelici gabbiani sul porto. Di notte non c'è scampo dai dubbi e dai rimorsi, siamo dentro un labirinto e non facciamo altro che inseguire la nostra ombra.

Stanotte mi concedo una tregua e ripenso alla prima volta che l'ho vista.

Sono passati anni ma è ancora, sempre, un'immagine così vivida da poterla toccare. Brigitta era di spalle. Seduta su una bitta a Dorsoduro. Le gambe accavallate, indossava una maglietta alla marinara – di quelle a righe sottili, bianche e blu –, un jeans bianco le fasciava le gambe e i suoi capelli, biondissimi, le scendevano lungo la schiena legati con un nastrino di seta blu. Uno dei suoi tanti vezzi.

Intendiamoci, Venezia è piena di donne, di angeli caduti dal cielo. Quella mattina, non appena abbiamo passato il ponte di legno dell'Accademia, ho sentito i loro sguardi piovermi addosso. Turiste e donne del posto, centinaia, come fossimo piombati in una riserva naturale di feromoni. Lo so bene che è quasi tutto merito di ciò che indosso e i cadetti, tutti gli allievi delle accademie, militari o navali, quando sfilano e marciano sono sempre un bel vedere e ci tengono a essere impeccabili. È una cosa che ti inculcano, che ti entra nel cervello a suon di punizioni. Basta poco, un colletto piegato, un pantalone che ha perso il filo della stiratura, un ciuffo di capelli un po' troppo lungo o magari una macchiolina sulle scarpe e *puff*, anziché in libera uscita ti ritrovi in attesa della punizione o di un turno di consegna da trascorrere obbligatoriamente studiando. Nei casi peggiori finivi nella galera dell'Accademia, a Villa Serena, dove si scontavano gli arresti, semplici o di rigore, e non era uno scherzo. Il più delle volte, per lievi mancanze venivi punito con uno, tre o cinque giri del piazzale però, se un ufficiale ti prendeva di punta, c'era una punizione perfetta per farti passare la voglia di infrangere le regole. Nel piazzale dell'Accademia c'è un brigantino interrato con due alberi, serve a far pratica con i nodi e le vele. È un veliero di dimensioni contenute ma trovarselo di fronte è sempre impressionante, tanto che sembra emergere dalla terra. La punizione perfetta è "il giro di barra" che consiste nel dover salire sulle sartie dell'albero di maestra da un lato, arrivare in crocetta passando fuori dal cosiddetto "buco del codardo" della coffa, per poi scendere dall'altro lato. Su e giù lungo le sartie del brigantino interrato, con qualsiasi tempo, giorno o notte non importa. E in tutto questo non sei da solo, ma insieme a un'altra manciata di poveri diavoli che come te si sono controllati con poco scrupolo. Questo per dire che a un certo punto hai una tale voglia di uscire e mollare la tensione che ti vesti a occhi chiusi e quel nodo della cravatta lo fai e lo rifai fin quando viene che è uno spettacolo e il collo della scarpa di vernice è talmente lucido che ti ci puoi specchiare il sorriso dei denti, che devono essere lisci, bianchi e splendenti. E insomma, quella mattina eccoci a Venezia e sì, siamo davvero uno spettacolo. I cadetti sono in competizione ma sono fratelli, rivali ma di sangue comune. Arriviamo in treno, scendiamo al piazzale Roma e poi difilato, altro che vaporetto, facciamo andare le gambe mentre settembre sfodera un sole timido timido.

Quand'ero *picciriddu* per le vie di Palermo, senza arte né parte, con i miei capelli ricci e le spalle ancora strette, me li sognavo questi sguardi affamati. Ora invece, mentre andavamo spediti a passo cadenzato, in fila, a testa alta e con i pantaloni stirati a regola d'arte, le suole di cuoio contro la pietra, tutte, una dopo l'altra, si voltano a guardarci, chi per curiosità, chi per desiderio. Ma io stavo già puntando lei. L'uniforme ordinaria estiva per gli allievi è composta da un pantalone bianco che cade sulle scarpe con un piccolo tacco scuro. Sopra indossiamo una giacca di cotone blu mare, un doppio petto aderente con due file di sei bottoni dorati e la manica scende a filo con un bordino su cui sono ricamati altri bottoni lucenti. Sui baveri della giacca, sulle svasature ampie, le mostrine con i nostri gradi. Sotto una camicia bianca e una cravatta che fa pendant con la giacca. E non è tutto. Lungo il fianco sinistro, un cordino di cuoio che parte dalla coda della giacca e si aggancia sulla coscia, cingendo uno spadino bronzato con impugnatura in madreperla. E infine il berretto della Marina Militare con una fascia nera lucida, lo stemma dell'arma e il copricapo di cotone bianco candido. Siamo spumeggianti e senza nemmeno dircelo avanziamo, la folla si apre, si separa in due ali concedendoci questa passerella lungo la fondamenta delle Zattere, sfilando davanti alle cicchetterie e ai baretti, ai battelli ormeggiati sul canale e ai gabbiani con i loro becchi aguzzi e lo sguardo assassino. Ma io stavo ammirando lei e tutto il resto era già solo un contorno, una distrazione. E lei, lei era laggiù in fondo al molo, sempre di spalle, beata e ignara. Quando arrivo a pochi passi, so che se non si volterà, quell'attimo sarà perduto, perduto per sempre, e allora rallento, anche se sono proprio io ad aprire la fila con dietro i miei compagni cadetti, cambio il ritmo – se fossimo stati cavalli di razza avrei scartato dal galoppo al trotto ma sarei stato ben disposto a scendere fino al passo – e di rimando sento gli altri sbuffare, sibilare insulti, le suole graffiano e il passo si spezza, qualche ragazza ora sorride per l'inceppo nel meccanismo ma lei nulla, non si gira. Davvero non sente il mio sguardo sulla pelle, non avverte ancora le mie pupille indugiare sulle sue scapole che emergono appena e poi scompaiono sotto la maglietta con lo scollo a barca? Finché non perdo la pazienza mandando all'aria tutti i progetti e il sangue freddo, e quando siamo ormai all'altezza della bitta su cui è seduta, ancora di spalle, ecco che mi fermo senza alcun preavviso. Pianto i piedi per terra, inchiodo proprio e in un attimo tutti mi sono addosso, come un autotreno in galleria. Cadiamo a terra, due, tre, cinque cadetti dietro di me. Eravamo una delizia e in un attimo ci siamo giocati tutto per colpa mia, la ruota del pavone si era richiusa di colpo. Il tempo di alzarci, spazzolare l'uniforme con le mani, voltarmi e sollevare i palmi in segno di scuse rivolto verso gli altri e quando mi rigiro, lei era ancora lì. Ora però mi stava fissando e, per la prima volta, ecco quegli occhi, scuri e profondi come un pozzo di san Patrizio, bui come il carbone eppure pieni di luce, piantati su di me e poi quella pelle, candida come la luna piena.

Sulle labbra un sorriso, solo per me.

«*Italians...*» dice e scuote la testa, in un'evidente presa in giro. Però non mi toglie gli occhi di dosso e a quel punto, mi avvicino.

Ecco, così è cominciato tutto con Brigitta.

Diciannove

Viviamo come sogniamo, soli.
Joseph Conrad

Un borbottio rompe la quiete. Un tonfo basso e cupo, ritmato, un ruggito dolce che nasconde la potenza. Dal castello di poppa, lassù, dove si trova la sala comando con il timone di plancia per governare la nave, esco nel gelo della notte e lancio lo sguardo verso l'imbocco della golfatina, ma vedo solo ombre. Scendo giù sul ponte e poi dalla scaletta di corda fino alla spiaggia, affrettando il passo. All'improvviso i due rimorchiatori accendono tutti i fari del ponte, in un'esplosione di luce teatrale e scenografica, con le bandiere italiane al vento e le sirene che cantano di felicità. Urlo e applaudo, e poco dopo sento anche gli altri unirsi a me mentre i marinai a bordo dei rimorchiatori, quattro per scafo, escono sul parapetto con indosso lunghe giacche antivento catarifrangenti che riflettono le lame di luce lunare. Avvolti nella notte, all'improvviso in formazione davanti a noi, sembrano in missione per la Provvidenza.

Risalgo la scaletta di gran corsa e mi faccio portare da Georgos la mia sacca, pesco il VHF, lo imposto sul 16 e appena ricevo un contatto dall'altra parte ci spostiamo sul 22.

«Qui *Izmir*, passo».

Ora che sono a portata li vedo bene. Sono *Gabbiano* e *Vigoroso*, due rimorchiatori partiti direttamente da Oristano per fare prima. Bravo Diego! Ecco il nostro regalo di Natale! Sono praticamente gemelli, hanno la chiglia nera, con un profilo basso sulla poppa che si alza progressivamente verso la prua. Tutt'intorno lo scafo è protetto da pneumatici e barre di gomma spessa e il nome è scritto bello grande perché si veda anche da lontano, mentre arrivano affrontando le onde, pronti a tutto. I rimorchiatori hanno una struttura standard. A poppa il ponte di coperta è ampio e sgombro, con un paio di perni d'acciaio a forma di U rovesciata, la manichetta antincendio e soprattutto il verricello, un rocchetto attorno al quale si avvolge un cavo d'acciaio di otto centimetri di diametro. Il castello di prua, dipinto di bianco, si alza squadrato nella parte anteriore. In alto svetta la bandiera italiana, accanto alla lampada Morse e alla ciminiera, e più sotto, rivolti a poppavia, due potenti idranti, bloccati con la canna all'insù come elefanti pronti a barrire nella notte. Il cuore del rimorchiatore è il suo motore agile e potente che romba nella pancia dello scafo, sotto la linea di galleggiamento. il suo cervello e i suoi occhi sono le quattro vetrate ampie e rinforzate del castello di prua che consentono piena vista sul mare per manovrare con la massima visibilità anche nelle peggiori condizioni. Dietro i vetri dei due rimorchiatori, alla luce delle lampade al neon, dondolando ritmicamente per il rollio delle onde che muoiono verso riva, vedo un paio di uomini intenti a manovrare e a prendere contatto tramite il VHF con me.

Ma questi qui, che hanno affrontato i marosi dopo aver risposto alla chiamata di soccorso, che impressione avranno del quadretto che si presenta ai loro occhi? L'*Izmir*, per quanto sia vecchia e scassata, così adagiata lievemente su un fianco sulla spiaggia di quella baietta solitaria, può sembrare una bambolina che veniva dal mare, desiderosa di arrampicarsi e salire sulla strada, scivolando via nella notte.

«Qui *Gabbiano*, passo».

«Qui *Vigoroso*, passo».

Concordiamo un recupero standard, del resto lo scafo della *Izmir* sembra integro e in ogni caso ci sono i doppi fondi, quindi senza perdere altro tempo decido di farla agganciare, il frigorista doveva fare presto e invece è ancora al lavoro.

Ma nella golfatina manca lo spazio di manovra, *Vigoroso* si tiene in disparte e sarà *Gabbiano*, da solo, ad agganciarci. Ricordo ancora la prima operazione di salvataggio, ormai un paio di anni fa: seguii tutto con il cuore in gola, manovra per manovra. Oggi invece conosco a memoria le operazioni, ma anche tutti i rischi cui andiamo incontro.

Dopo aver preso il contatto, dal canale 16 si passa a un altro concordato dalle parti per non occupare quello di chiamata internazionale. Riscontrata la disponibilità, il *Gabbiano* mette a mare una lancia e con due uomini, dolcemente sospinti dalle onde lunghe del maestrale in questa notte infernale, ci porta fin sotto lo scafo un sottile cavo di nylon. Nel mentre si assicurano che la nostra elica sia immersa e peschi l'acqua nel caso in cui dovesse rendersi necessario accendere anche il nostro motore. Georgos afferra il cavo con il mezzo marinaio, lo issa a bordo e lo lega alla bitta di poppa e mentre quei due da sotto gli urlano un *Buon Natale!* che sembra mezzo sincero e mezzo – giustamente – incazzato, lui fa un grugnito e continua ad annodare. Questo è appena il primo passo, ma sono già più tranquillo. Dopodiché dal rimorchiatore, seguendo la guida del cavo di nylon, tramite una veloce manovra di tonneggio recuperano il cavo di rimorchio e lo infilano in un enorme gancio d'acciaio, provvisto di un meccanismo che gli consente di potersi sganciare anche quando è in piena tensione. Per ragioni di sicurezza potrebbero doverci mollare al nostro destino senza farsi trascinare giù o contro gli scogli.

Ecco, adesso la *Izmir* è pronta per essere rimorchiata di poppa mediante un singolo cavo, quindi non avremo alcuna possibilità di manovra ma è inutile fasciarsi la testa, adesso è tempo di mettere in moto.

In quel momento, arriva un voce dalla spiaggia.

«*Izmir*, *Izmir*, chiedo il permesso di salire a bordo».

E ora chi è?

Mi sporgo dalla sala comando.

«Chi sei? Chi c'è laggiù?».

Illuminato dalla luna piena, sulla sabbia fine della spiaggia c'è un uomo. Capelli neri, alza gli occhi verso la mia voce.

«Sono l'ispettore del carico».

Ecco qua.

«Avanti!».

Quello sale rapidamente le scale con un susseguirsi di rumori di suole che cozzano sul metallo delle paratie e si presenta.

«Ioannis Congiu».

Tende la mano, la presa è forte. Ha un fisico compatto, non muscoloso ma avvolto nel suo giaccone di lana cotta sembra decisamente massiccio. Alla base del collo, metà coperta dalla maglia, spunta un tatuaggio, una grossa àncora nera incisa sulla pelle con un tratto piuttosto grossolano.

«Congiu? Sardo?».

«Padre sardo, madre greca».

«Di dove?».

«Posti dell'entroterra. Non li conosce».

Chiedo per cazzeggiare ma capisco subito che questo, anche se non avrà manco quarant'anni, è un vero rompicoglioni. Si guarda intorno, il suo ruolo è super partes, è qui per giudicare che tutto sia in ordine. Sottobraccio ha una cartelletta e in spalla uno zaino di tela, ma con quella mascella dura e volitiva non la racconta giusta. Non è un passacarte, piuttosto lo vedrei bene in una bisca fra bicchieri di Cannonau e carte da gioco segnate. Se fosse un abitante del mondo subacqueo, Congiu potrebbe essere un riccio di mare, uno che si nasconde, si acquatta, uno da cui devi guardarti e che a un certo punto ti rifila un aculeo a tradimento e tu piangi dal dolore.

«Andiamo a vedere il carico?» dice in modo spiccio.

Assento. Intanto Carmine si è avvicinato. I due si scambiano un cenno ma si tengono a distanza. Con il VHF comunico a *Gabbiano* che è arrivato a bordo l'ispettore del carico e dobbiamo temporeggiare con le operazioni di rimorchio.

Lo dico apposta davanti a Congiu, così magari capisce che non c'è bisogno di fare il fenomeno e che, anche se deve svolgere il suo lavoro e certo non si sarà messo a saltare dalla gioia all'idea di scapicollarsi in una baia nel cuore della notte al seguito di due rimorchiatori, l'interesse di tutti è quello di tornare in porto sani salvi e il prima possibile. *Gabbiano,* che è in mare aperto, cullato dalle onde lunghe che arrivano nel golfo, risponde borbottando qualcosa. Si capisce che nemmeno a loro va a genio la perdita di tempo. Poi scendiamo tutti giù. Congiu per ultimo. Non appena il suo sguardo si poggia su quelle centinaia di scatole, sgrana gli occhi. Roba di un attimo, ma ho fatto in tempo a notarlo. Poi si muove, tenendosi ai margini delle cataste.

«Avete toccato qualcosa? Avete rimosso parte del carico?».

«Nossignore» replico secco.

Le nostre parole rimbombano fra la lamiera, producendo nuvole di condensa. Si china e prende una scatola. Mentre lo fa, lo vedo di profilo alla luce dei neon della stiva. I capelli neri tagliati a spazzola, il naso camuso, schiacciato sulla parte centrale, con una gobbetta, come quelli dei pugili quando si rompono e si calcificano malamente. Lungo la gola, ecco l'àncora tatuata e il pomo d'adamo, quasi uno spuntone che tende la pelle, sussultando a ogni sua parola, per ogni suo respiro.

Di nuovo si china e prende un'altra scatola, controlla che sia chiusa, la scuote e la ripone con cura. Ogni tanto apre la cartelletta, la gira e la rigira fra le mani e poi la rimette giù. Poi avanza e ripete l'operazione sotto i nostri occhi, una, due, tre volte. Georgos che, incuriosito, aveva tuffato dentro la testa da uno dei portelli aspettandosi chissà cosa, se ne torna in posizione a poppa. Efisio mi guarda e Carmine resta al mio fianco. Sono muti ma esigono che faccia qualcosa.

«Beh?» dico.

Congiu volta solo il capo senza mollare la quarta scatola.

«Sembrano tutte uguali» dico, «un po' ammaccate per il viaggio ma tutto sommato in ottimo stato, no?».

In mano ho il pacchetto di Muratti. Resisto alla tentazione di accendermene una perché non ho ancora capito a che gioco giochiamo. Quello non replica, fa sì sì e continua a pescare scatole. E intanto il tempo passa.

«C'è già il frigorista al lavoro. È venuto da Oristano apposta. Noi abbiamo tutto l'interesse a salvare la nave, ma soprattutto il carico».

Nessuna risposta.

«D'accordo» dico rivolto a Efisio e Carmine, «tornate in sala macchine, controllate la situazione che noi arriviamo».

Efisio passandomi accanto fa un cenno con la testa verso Congiu e lo bolla con un insulto, *su calloni*, e io gli rifilo una pacca sulla schiena. E poi mi avvicino.

«Posso vedere la nota di carico?».

Congiu daccapo si gira. Ci pensa un attimo, poi apre la zip della cartelletta di cuoio, fa scorrere l'indice su un foglio e me lo tende. Lo prendo fra le mani. È un telex. Un semplice foglio battuto a macchina, scritto in maiuscole:

SHIP: IZMIR
TRIP: PORT MAHON (SPAIN) TO ATHENS (GREECE)
DATE: 24 DECEMBER 1981
TOTAL WEIGHT: 600 T
LOAD LIST – PARTIAL WEIGHT:
KRAL YENGEÇ – KING CRAB ...150 T
ISTAKOZ – LOBSTER ...150 T
TON BALIĞI – TUNA ...150 T
ORFOZ – GROUPER ...150 T

Ciò conferma la nostra informazione che si trattasse di seicento tonnellate di pesce, equamente divise nelle quattro tipologie indicate. In calce uno scarabocchio di firma e in cima l'intestazione scritta in grassetto: SEA SHIPPING COMPANY – ATHENS.

Mai sentita questa compagnia ma d'altronde spedire merce in giro per il Mediterraneo è assai redditizio. Come dimostra anche il fatto che la *Izmir*, benché scalcinata, batta bandiera boliviana. Per il resto, con gli ammonimenti di Zeno in mente, mi sembra sia tutto in ordine, non vedo nulla di sospetto.

«Posso parlare con il frigorista?» dice Congiu.

Risalgo le scalette per andare a chiamare Elias e una volta sul ponte di coperta mi rendo conto che stringo ancora in mano il telex. Ci manca solo che questo pensi che non mi fido. Sbuffo e torno indietro, cacciando la testa dentro mentre mi accovaccio reggendomi ai maniglioni accanto al portello.

«Congiu, ho il telex con me».

Quello si è spostato proprio al centro della stiva, a ridosso della paratia centrale, sul blocco di scatole saldamente unite in posizione verticale dal gelo. Mi accorgo che stringe in mano una pinza, intento a fare qualcosa che da quassù non capisco. Si gira di scatto appena sente la mia voce, colto sul fatto.

«Eh?».

«Il telex? Serve?».

«No, no, può tenerlo».

«D'accordo. Tutto bene con il carico? Ci sono problemi?».

Rendendosi conto che stringe in mano una pinza, lascia scivolare il braccio lungo il fianco. Come se bastasse a farla diventare invisibile.

«Penso di sì».

Fra ogni battuta di dialogo passano alcuni secondi di sospensione, manco fossimo scacchisti che valutano centinaia di mosse e contromosse prima di scegliere la replica migliore. Sta succedendo qualcosa ma preferisco non alimentare tensioni. In fin dei conti è lui il responsabile del carico, l'unica cosa che importa è mettere in salvo la *Izmir* e per quanto mi scocci avere a bordo un ispettore, può rivelarsi persino utile. Però quella pinza…

«Bene. Vado a chiamare Elias, il frigorista».

E torno subito su senza dargli tempo di replicare, dirigendomi a passo spedito verso la sala macchine. Intanto piego in quattro il foglio e alla luce della luna piena lo metto nella tasca interna della giacca a vento mentre penso ad alta voce: «Chissà se Zeno la conosce questa Sea Shipping Company». Ma anche volendo, adesso non ho modo di avvertirlo.

Venti

Non c'è lido più lontano di quello dove non si approda.
Stefano D'Arrigo

Siamo tutti a bordo e in posizione. Anche Congiu, dopo aver parlato con Elias, sembra più sereno e almeno questa scocciatura, per adesso, l'abbiamo scampata. È tempo di metterci in marcia. Prima di cominciare, chiamo Carmine e gli dico:

«Non appena ci stacchiamo, tu molla tutto e spegni il motore principale, mi raccomando, altrimenti si sommano le spinte propulsive e ci facciamo male».

Quello mi fa un cenno di intesa e torna al suo posto. Poi avvicino il VHF alle labbra, esito ancora un attimo, per scaramanzia batto tre volte le nocche sul ferro della paratia, poi dico:

«Avanti, *Gabbiano*».

Quello suona la sirena e finalmente aumenta i giri del motore. Dài che ci siamo. Però non succede un cazzo.

«Avanti, *Gabbiano*» ripeto. E quelli aumentano ancora i giri del motore del rimorchiatore. La *Izmir* inizia a vibrare, traballa e stride che pare scassarsi da un momento all'altro crollando come un castello di lamiera ma è piantata nella sabbia. Quella sabbia fina fina che a vederla sotto i raggi del sole, così brillante e infinitesimale, sembra una meraviglia, si rivela una dannazione perché aderisce completamente allo scafo e ci sta imprigionando a terra, nonostante tutti i nostri sforzi.

Carmine mi guarda con una certa insistenza per la terza volta, ma io non mollo e urlo:

«Avanti, *Gabbiano*!».

Tutto trema e ondeggia come gelatina. Stavolta sono convinto che si scasserà e quelli si tireranno a mare solo la poppa, strappata di netto dal resto della nave. A quel punto Carmine si fa sotto, mi guarda in faccia e mi dice proprio quelle due semplici parole che temevo e che non vorrei proprio sentire mentre il motore romba al largo, consumando nafta nella notte.

«Effetto ventosa».

Stringo il VHF nelle mani e non lo mollo mai, è di gran lunga la cosa più preziosa che abbiamo a bordo, senza la quale non avremmo modo di comunicare con nessuno. Lo avvicino alle labbra, contatto *Gabbiano* e gli dico di fermarsi, aggiungendo quelle due semplici parole pronunciate da Carmine. Dal silenzio che passa – uno-due-tre secondi che sono lunghi un'eternità – so che stanno pensando la stessa cosa che penso io. Dopodiché esco nella notte dal castello di poppa, vedo il cavo teso fra noi e il *Gabbiano* di oltre cento metri che termina con un cappio sulla nostra bitta e si spinge verso il mare, mentre Georgos lo sorveglia senza poter fare nulla, sempre con indosso solo la sua maglietta bianca. Imbocco la scaletta scendendo dritto in spiaggia. Ancora una volta. L'effetto ventosa accade quando una superfice aderisce a un'altra grazie alla diminuzione di pressione tra esse. Ed è proprio ciò che sta succedendo fra lo scafo e il fondale sabbioso su cui si è arenato. Questa eventualità è uno spauracchio che speri non si verifichi mai in condizioni normali, figurarsi la notte di Natale con il maestrale che infuria, su una barca sconosciuta da salvare, piena di pesce che si sta scongelando e con ben tre equipaggi – noi, *Gabbiano* e *Vigoroso* – che vorrebbero essere altrove, probabilmente a casa, forse ovunque, ma certamente non qui. Torno sullo scafo e scendo in sala macchine. Efisio mi segue passo passo, Carmine è già lì che ci aspetta. Visto che *Gabbiano* da solo non riesce a tirarci in acqua, dobbiamo far partire il motore principale, un due tempi da oltre mille cavalli, un pachiderma diesel che sembra venire fuori dalla preistoria. La nafta almeno c'è e i gruppi elettrogeni stanno tenendo accesa l'illuminazione, quindi apro la valvola di aria compressa che induce il pistone ad avviare il meccanismo di stantuffo che innescherà l'elica, la quale fortunatamente pesca in acqua a poppa. Dopo i primi giri scambio un'occhiata d'intesa con gli altri e chiudo la valvola. Sembra funzionare, pare persino gagliardo, dài che ci siamo, dovrebbe avviare il movimento da solo e generare potenza. Ma dopo pochi secondi si ammoscia, rallenta, stenta, borbotta ed ecco che inesorabilmente si spegne e muore. Schiaccio la sigaretta sotto la suola e capisco che questa notte sarà infinita. Adesso è chiaro, lampante proprio, sono cazzi amari.

Ventuno

L'anatra è felice nella sua pozzanghera
perché non conosce il mare.
Antoine de Saint-Exupéry

Niente, il motore principale della *Izmir*, con i suoi mille cavalli e rotti, non si mette in moto. Carmine si agita e si sbatte, persino il frigorista butta un occhio, tale è la voglia di sbrigarsi, ma non c'è nulla da fare: dopo qualche borbottio, appena chiudiamo la valvola dell'aria compressa tutto si spegne inesorabilmente, nonostante le nostre preghiere. Scendo le scalette dalla sala comando, Efisio è sul ponte vicino a Georgos. Stanno in silenzio, lo sguardo verso l'ingresso della golfatina con quei grossi scogli che ne sorvegliano l'entrata, imponenti masse argentate dal riverbero lunare, più al largo s'indovinano le creste delle onde che ruggiscono in lontananza. Ci sarà da ballare, ma prima di pensare a ciò che ci aspetta dobbiamo schiodarci da qui.

«Efisio, prendi la R4, vai a Cagliari e recupera una scatola di start pilot». Per andare e tornare perdiamo altre tre ore, come minimo. Minchia.

Lui prende le chiavi dalle mie mani, sbuffa e si avvia.

«Ah, prendi anche una batteria per il gruppo elettrogeno».

«Ma è partito con la nafta!».

«Tu prendila uguale».

Sbuffa di nuovo, rumorosamente. Faccio finta di non rendermene conto, ci manca solo che perda tempo per la strada o che si metta a discutere ogni singola decisione. In mare non ci devono essere dubbi su chi comanda, ha ragione il Cavaliere ma intanto lui ora è a Capri nella sua villa e io sono qui, in mezzo al niente. E talvolta bisogna far finta di avere le orecchie tappate. È pur sempre la notte di Natale, no? La verità è che abbiamo avuto culo a far partire subito il gruppo, del resto in macchina eravamo in quattro e non c'era spazio per le batterie, davvero enormi e pesanti. Ma la notte è ancora lunga e visto come siamo messi e l'aria che tira, non si sa mai. Se le cose si mettono male ci portiamo il VHF sulla spiaggia, magari troviamo una stazione di musica e festeggiamo il Natale con una grigliata di pesce. Pesce scongelato e un falò acceso dalla nafta. Anziché un sorriso mi sale la tristezza. Mi accendo un'altra sigaretta e torno in sala comando a tenere d'occhio il frigorista mentre Congiu, con un berretto di lana spessa in testa, passeggia sul ponte spingendosi fino a prua, dove si trovano una decina di pneumatici da camion fissati con delle catene, che proteggono le fiancate delle navi a mo' di parabordi.

Efisio torna prima del previsto, consegna una cassetta con dodici bombolette in sala macchine e sale le scale per comunicarmi che gli start pilot li ha recuperati a Oristano, risparmiando un bel po' di tempo, ma poi ci toccherà saldare il conto direttamente al porto. Gli rivolgo un mezzo grugnito. Va bene tutto, basta che ci diamo una mossa. Poi chiama Georgos e insieme trasportano a bordo le batterie ausiliarie per il gruppo elettrogeno, grossi cilindri metallici che pesano parecchio.

Io resto inchiodato al timone e non appena tornano con il VHF comunico al *Gabbiano* che siamo pronti per riprovare a mettere in moto il nostro motore principale.

Mi sporgo e urlo verso il basso:

«Vài, Carmine!».

E quello attacca con la prima bomboletta. Lo start pilot è etere puro e lui lo spruzza dritto sul filtro dell'aria del motore principale. Se malauguratamente dovesse rompersi il contenitore, vedendolo sgorgare fuori, incolore e inodore com'è, l'etere ci sembrerebbe una cosa che non può far male a nessuno. E invece, distillato dal riscaldamento dell'alcol etilico con l'acido solforico, è estremamente infiammabile, volatile, pericolosamente nocivo, persino mortale. Oltre a essere un solvente per grassi, l'etere si disperde in un attimo, si appiccica ai vestiti e ti resta sulle mani, che possono fare una fiammata in un lampo e mandare in fumo i capelli se qualcuno fa partire una scintilla fatale. Uno scemo si trova sempre, a volerlo cercare. Un giorno, in Accademia, per sconfiggere la noia di un'ennesima serata di corvée, un giovane cadetto baldanzoso accettò per denaro la sfida di inalarne una fialetta che avevamo prelevato – ma sarebbe più esatto dire rubato – dalla sala medica. I soldi già sul piatto, portò la fiala al naso. Dopo pochi attimi prese a barcollare e a ridere in modo euforico. Poi, nel giro di pochi secondi, già incapace di articolare suoni, perse l'equilibrio e crollò a terra di schianto. Noi attaccammo a ridere, mentre l'odore pungente e nauseante tipico dell'etere si disperdeva rapidamente. Efisio ruota la valvola, il motore a due tempi si mette in moto ma anche stavolta, appena chiudiamo l'aria compressa, si inceppa, rallenta e alla fine si spegne.

«Ferma, *Gabbiano*» dico al VHF, e quelli abbassano i giri del motore. Ripetiamo una seconda volta ma non cambia nulla. Allora perdo la pazienza, caccio fuori la testa e chiamo Georgos.

«Vieni dentro!».

Scendo giù dal frigorista. Sembrava una cosa semplice e invece è ancora carponi. Gli dico di tenersi forte che stavolta partiamo davvero. Voglio Carmine, Efisio e il greco a spruzzare etere dritto sul filtro d'aria del motore mentre io li guardo dall'alto, attaccato al timone di plancia. Poi mi volto e vedo della schiuma da poppa: vuol dire che l'elica non si è scassata e sta girando. Carmine tira fuori una maglietta dalla sua borsa e mi fa cenno di aspettare. Dopo un paio di minuti ritorna, lo straccio è zuppo, immagino d'acqua di mare, già strappato in tre strisce. Lui se ne mette una come una mascherina, gli altri due lo imitano al volo. Faccio cenno a Carmine di chiudere la nafta del motore principale appena ci stacchiamo dalla riva, lui mi fa segno di aver capito e io porto il VHF alla bocca.

«Avanti, *Gabbiano*».

E quello riparte a ringhiare basso, ubbidiente. Efisio si alza, apre la valvola dell'aria e spruzza etere a manetta insieme a Carmine e Georgos. Il pistone ricomincia lentamente a muoversi, *tu tum, tu tum, tu tum*… e poi una scintilla, e un'altra ancora.

«Efisio!».

Quello si precipita a chiudere la manopola mentre gli altri due continuano con l'etere. Il motore arranca e romba affamato, incerto, goffo.

«Vài, *Gabbiano*! Al massimo!».

La *Izmir* trema producendo un rumore di ferraglia. O si scassa o partiamo. Efisio si tiene alla paratia, Carmine e Georgos vanno avanti a spruzzare etere. Guardo l'acqua che ribolle sotto il nostro scafo.

«Tira, *Gabbiano*! Tira! Tira!».

Uno strattone, poi un altro ancora. Mi tengo alla balaustra, le vibrazioni della chiglia si trasmettono alla carne, risalgono il braccio fino alla spalla, mentre lo scafo inizia finalmente a scivolare sulla sabbia e tutto ribolle, urta e stride.

«Vài, *Gabbiano*! Adesso tira al massimo!».

All'improvviso tutta l'energia accumulata si libera con uno scatto repentino, lo scafo entra in mare da poppa, il cavo si allenta e poi torna a tendersi dando un'altra scossa mentre *Gabbiano* esce verso il largo suonando le sirene a tutta forza. Efisio, Carmine e Georgos urlano di gioia, ma ecco che quello slancio si trasforma in paura. Finiscono uno addosso all'altro in un miscuglio di corpi e stracci bagnati. Lo sbalzo in avanti è talmente repentino che perdo la presa dalla balaustra d'acciaio, la sento scivolare via dalla mano sinistra mentre con l'altra stringo il VHF. Lancio un urlo e cado a peso morto in avanti mentre questa cazzo di nave turca comincia convulsamente a muoversi. Poi sento un gran fracasso di ferraglia che si apre, si lacera, si grattugia e si strappa.

«Siamo morti».

E tutto si fa nero.

Ventidue

Spesso ci sono più cose naufragate
in fondo a un'anima che in fondo al mare.
Victor Hugo

Due ore prima. Notte fonda, Atene.

Per far credere agli altri, a tutti gli altri, di essere il migliore e il più affidabile, bisogna davvero essere il migliore, il più affidabile. Non c'è nessuna scorciatoia. Nessun margine d'azione può essere lasciato al caso, perché l'incertezza produce quasi sempre il caos. E la fortuna è la santa protettrice di chi ha lavorato maldestramente.

Questo è ciò in cui crede Mister K, impossibile da non ricordare. Sono passate un paio d'ore da quando lo squillo del telefono ha squarciato il silenzio delle strade di Atene, ed eccolo squillare ancora. Alza la cornetta e scrive rapidamente una sequenza di numeri: 40°06'15.0"N 8°29'16.8"E. Poi una parola, una soltanto: Izmir.

Riaggancia. Mette gli occhi sulla carta nautica, ripercorre l'intera rotta della nave da Port Mahon ad Atene, avanti e indietro.

Quanti ne ha conosciuti che si davano tante arie e si credevano i migliori? Oggi sono scomparsi dai radar, da presunti padroni del mare sono diventati guardiani di garage, custodi di cortili condominiali che spalano il guano dei gabbiani o magari, all'alba, scaricano cassette di pesce in un desolato e sconosciuto mercato di una città senza nome, lontana da tutto. Con l'indice della mano destra segue i contorni della costa greca e poi si avvicina a quelle italiane, Calabria e Sicilia sfilano via e ancora risale. E quando arriva all'altezza di Santa Caterina di Pittinuri, controlla le coordinate con il compasso e poi traccia una grossa X sulla piccola golfatina, un'ansa naturale quasi invisibile che avrebbe perfettamente celato la nave.

Dopodiché, seguendo la curva della costa, ecco Putzu Idu e poi Mari Ermi, Funtana Meiga e la rientranza che inizia con San Giovanni di Sinis e conduce fino al primo grande porto, nella città di Oristano. Mister K ne sottolinea il nome e dal cassetto della scrivania pesca un carnet d'adresses *in pelle, con gli angoli consunti e sfilacciati dall'uso. Sulla copertina spicca il monogramma dorato della compagnia di spedizioni internazionali che presiede con mano di ferro, una copertura solida per i suoi commerci: SSC. E subito sotto: Sea Shipping Company – Atene.*

Sfoglia le pagine, concentrato, lo squaderna, fa scorrere il pennarello fino a trovare il nome che cerca. Allunga una mano verso il telefono e compone il numero con il prefisso 0783. La linea è libera, squilla a vuoto. Ruota il polso, legge l'ora sul quadrante. È notte fonda ma nessuno risponde. C'è un secondo numero, la casa in cui vive l'amante dell'uomo. Lo compone, gli squilli sono lunghi, assordanti nella quiete notturna. Non lasciare nulla al caso significa anche avere la certezza che tutti siano sempre reperibili lungo le tratte dei carichi internazionali, pronti a intervenire con i propri mezzi non appena lui li chiama. Non c'è spazio per i segreti, non c'è tempo per la morale. Se vuoi passare la notte di Natale con l'amante, fallo pure. Mister K lo disprezza umanamente ma l'importante è che quello non abbia dimenticato con chi ha a che fare.

Al terzo squillo risponde. Non ci sono convenevoli, non ci sono saluti. Non ci sono auguri o riferimenti al ceppo di legno che da stanotte deve bruciare dodici giorni nel camino per tenere lontani da casa i kallikantzaroi.

Solo le coordinate e un nome: Izmir.

E poi l'istruzione sul da farsi:

«Devi recuperare il carico. A tutti i costi».

L'altro uomo ascolta le istruzioni che Mister K detta da Atene, prende nota, le ripete parola per parola.

«Hai capito tutto, Ioannis?».

«Sì, Mister K».

Poi la linea cade. Ciascuno torna alla propria dimensione. Mister K adesso beve un sorso del suo caffè che ha avuto tutto il tempo di sedimentarsi e liberare il profumo di cardamomo, non solo la forza d'impatto della caffeina. E adesso che ha innescato il meccanismo e formulato la sua contromossa, ordine per riparare al caos, tira fuori un sorriso che è assai più simile a un ghigno. Il mese scorso quell'ondata di sequestri nei porti di Napoli, Genova e Cagliari aveva duramente colpito la sua organizzazione. Era stato un affronto, un pugno, anzi, uno sputo in faccia. E lui aveva agito con la sola moneta che conosceva. I nemici debbono avere un volto, un viso, una famiglia su cui rifarsi. Aveva preso debitamente nota delle perdite economiche, dopodiché aveva mosso le sue pedine sul campo per raccogliere le informazioni.

I nemici fanno meno paura se hanno un nome e un cognome. Se vuoi essere il re, l'unica scelta possibile è quella di essere implacabile. Il resto non conta.

Con un piccolo sospiro si gira e si inginocchia. Poggia il palmo della mano destra e fa scorrere un pannello di legno nella libreria alle sue spalle. Sul disco di metallo, inserisce la combinazione della cassaforte a parete, nella sua casa in Leoforos Alexandras. La apre, dentro ci sono diverse mazzette di dracme, dollari americani e lire italiane, tutte impilate con cura. Al centro, una pistola, oleata e in perfette condizioni. E infine, sul fondo, diverse cartelline piene di documenti, fra registri nautici, atti di proprietà e altre scartoffie su cui ha costruito una fortuna. Sfila l'ultimo gruppo, il più voluminoso, si rialza e lo adagia con cura sulla scrivania. La notte là fuori è buia e una partita cruciale si sta giocando a centinaia di miglia nautiche di distanza mentre lui indugia sui nomi di città scritti sul fronte delle cartelline. Le sfoglia una dopo l'altra, scartandole, fino a trovare quella che cerca. Sopra c'è scritta una parola – Cagliari – la spalanca, soddisfatto, mentre sparpaglia sul tavolo decine e decine di foto in bianco e nero. Ritraggono gli ufficiali in servizio al porto cittadino e alcuni portuali con i quali hanno stretto amicizia, con i nomi e le informa-

zioni principali. Un lavoro costoso ma necessario. Prende un altro sorso di caffè, si gode il momento. La caccia è partita, quale sarà il viso, il nome del suo nemico?

Ventitré

Si perdona finché si ama.
François de La Rochefoucauld

Chiamalo come ti pare: destino, caso, fortuna, sorte, provvidenza o fato. La nostra vita è un insieme di decisioni, prese o subite, di parole, dette o taciute, sorrisi e lacrime, abbracci e schiaffi, ritorni e addii, orgasmi, partenze, promesse, bugie, soldi guadagnati con il lavoro e poi persi o spesi o chissà cos'altro. E in mezzo, se siamo fortunati, qualche tramonto che faremmo bene a non dimenticare mai, almeno un bacio sotto la pioggia, dato alla stazione o al porto mentre viaggiatori e curiosi ci sfilano accanto infastiditi, forse gelosi, con le loro valigie tutte spigoli e i pensieri che si affannano in testa.

Sia come sia, è sempre arduo mettere ordine nel flusso degli avvenimenti, rompere la catena e individuare il momento esatto, l'attimo prima che tutto accada, non dico per capire, semmai per farsene una ragione. Ma una cosa è certa, se mi trovavo lì, proprio lì, nella notte di Natale del 1981, se prima ancora il Cavaliere mi aveva convocato a Posillipo per offrirmi un lavoro e se per raggiungerlo avevo dovuto attraversare l'Italia in treno lasciando Brigitta ancora nel nostro letto caldo a Venezia, se tutto ciò era accaduto era per via di un singolo gesto, un momento preciso in quell'indimenticabile notte a Venezia del 1976 che avrebbe cambiato tutto e per sempre.

Quando la *Izmir* è scattata in avanti sulla sabbia ho perso la presa e sono caduto dalle scale. Avrei dovuto pensarci che c'era questo pericolo, avrei dovuto assicurare un cavo a terra che impedisse al nostro scafo di scattare come una molla, come un arco teso, ancorandolo e attutendo l'attrito di primo distacco per poi muoverci in sicurezza senza rischiare di scassare tutto o di finire contro gli scogli a causa della tensione accumulata e dell'effetto ventosa. Ma non c'ho pensato, lo ammetto.

Ora vedo il mio corpo, lungo e disteso mentre le onde accarezzano e squassano la chiglia del cargo.

Sì, devo essere svenuto. E allora, già che ci sono, posso tornare indietro, indietro fino a quella maledetta notte veneziana di cinque anni fa...

Il 15 luglio è il mio compleanno. Oggi faccio venticinque anni e sono a Dorsoduro, in campo Margherita con Brigitta, e niente potrebbe andare meglio. Stamattina il profumo delle gardenie del nostro piccolo giardino ha invaso la camera da letto quando lei si è alzata, ha lanciato in aria le coperte e nuda, nudissima come lo si può essere dopo una notte trascorsa a fare l'amore, ha spalancato le persiane verdi, lasciando entrare la luce del mattino e i suoi profumi. Mi dà le spalle, sorride furbetta e mette sul vecchio giradischi uno dei suoi album preferiti. Bastano poche, soffici note di piano prima che arrivi la tromba di John Coltrane, per riconoscere subito In A Sentimental Mood. *Ritorna dalla cucina con un vassoio e il suo corpo leggermente bronzato dal sole veneziano, avvolto in uno scialle leggero. Un espresso, del pane tostato con accanto il suo nettare preferito, la marmellata di petali di rose di San Lazzaro degli Armeni. Scoprendo che la dolcezza può fare anche male. Tutto comincia con una domanda buttata lì.*

«Ma questa marmellata...».

«Buonissima, vero?» e mentre lo dice la assaggia con un dito, felice.

«Alla bottega qui dietro l'hanno terminata da mesi. Questa dove l'hai presa?».

«Proprio questa? Questo vasetto qui?» dice e si accosta a me, stringendosi, pelle contro pelle...

«Mmh...».

«Questo me l'hanno regalato».

«Ah sì...».

E intanto le mie mani corrono a memoria lungo i suoi fianchi, come se modellassi creta vergine…

«Non te l'ho detto? Me l'ha regalato il tuo amico… Fiorenzo».

Mi stacco di colpo e la guardo negli occhi. Ride, mi prende in giro.

«Sì, come no» e torno all'attacco.

«Fiorenzo Sanzio. Un bel nome, non trovi? La settimana scorsa tu eri rientrato in Accademia a Livorno e io e lui ci siamo incontrati al bar. È stato molto galante…».

Mi scosto, mi siedo sul letto per infilarmi i boxer e mi giro a guardarla di traverso.

«Gli ho raccontato che questa marmellata era la preferita di Lord Byron. E anche la mia. Il giorno dopo lui mi ha mandato a casa un fascio di fiori e tre vasetti. Non è stato carino, Achille?».

Fiorenzo Sanzio. Se c'era uno che non si doveva avvicinare era lui. Veneziano da generazioni, in libera uscita, nell'uniforme dell'Accademia, quand'era ormai lontano dai cancelli infilava al mignolo l'anello d'oro con l'araldica. E i suoi capelli castano ramati sembravano sempre un po' più lunghi di quanto fosse consentito a tutti gli altri. Piccole cose che lo rendevano odioso ma quando notava le nostre smorfie di disgusto offriva da bere alla tavolata intera e, si sa, i quattrini spesso risolvono tutto. Fiorenzo apriva le fila delle esercitazioni, Fiorenzo incontrava le delegazioni delle altre accademie al fianco degli ufficiali, Fiorenzo sorridente, Fiorenzo che misteriosamente quasi mai veniva fermato alla sbarra prima di uscire e ricacciato indietro, con una scusa qualunque – un bottone scucito, le scarpe poco lucide o un ciuffo fuori posto – per stare di corvée e spazzare l'intera piazza d'armi. Altri avrebbero mascherato i suoi favoritismi davanti alla camerata, lui era sprezzante e quando passava la misura, non si sa come, tirava fuori un paio di bottiglie ghiacciate di Ribolla con cui allietare la serata, giocando a zecchinetta, un gioco d'azzardo con carte francesi a cui aveva convertito tutti. E Fiorenzo perdeva, perdeva con il sorriso. Per lui che indossava l'anello con lo stemma del Leone, quelle banconote che passavano di mano forse erano solo spicci ma come per magia ecco che tutti tornavano a voler bene a Fiorenzo. Tutti tranne me. Io ho sempre detestato tutti i suoi privilegi e la sua boria da figlio di papà. E ora questo.

«Che fiori?» dico e mi alzo in piedi, lasciando cigolare le molle e godendomi l'espressione contrariata di Brigitta che vede cambiare il tempo in camera da letto, dalla dolce bolina verso un temporale inatteso. In malo modo, con il dorso della mano, scosto il braccio del giradischi e la puntina graffia sul vinile.

«Bocca di leone» dice lei.

«Eh?».

«Bocca di leone» ripete.

«Mai sentiti» dico uscendo dalla stanza, a piedi nudi e con il muso.

Torno dalla cucina con un'altra tazzina fumante. La osservo mentre si stiracchia a letto. Mi guarda, in attesa. I seni morbidi e i capezzoli piccoli. Il ventre piatto, le costole che affiorano appena sotto la pelle e le gambe affusolate, che incrocia lasciando scivolare la pianta di un piede sul dorso dell'altro, stirandosi come una gatta. Ai lampi nei suoi occhi, a una certa irrequietezza di carattere, a quelle domande che rimanevano senza risposta e alle giornate intere in cui spariva mi ero dovuto abituare. Il tempo degli amanti è rubato agli dèi. Ma dopo esserci dichiarati, sulle scale del Teatro La Fenice, quella sera in cui mi porse i suoi polsi candidi, dicendomi: Eccomi Achille, sono la tua Briseide, *con il tempo, a mie spese, ho scoperto che Brigitta è molto gelosa della sua libertà. I litigi andavano e venivano, inattesi ma pericolosi come il meltemi che sfascia le barche sul mar Egeo.*

Stavolta però non voglio rovinare la festa, poggio la tazzina, sorrido, torno a letto e mentre la stringo a me sussurro:

«Posso esprimere un desiderio per il mio compleanno?».

«Tutto quello che vuoi, amore mio».

Quella sera Venezia è in festa. Che sorpresa la prima volta che ho scoperto che proprio il 15 luglio combacia con la Regata del Redentore. Dalla sera prima le fondamenta della Giudecca e diverse zattere vengono generosamente addobbate, centinaia di barche si decorano con palloncini, colorando la laguna in un tripudio di colori e musica, vino e voglia di vita. L'indomani, poi, ecco il rito religioso e una processione magnifica che cammina lungo un ponte costruito nella notte, accostando le chiatte per l'occasione, unendo le rive del Canal Grande e infine, la regata del Redentore con tutta la città che tifa e incita i suoi campioni. Ma la grande festa è la notte prima. E noi non possiamo mancare. Usciamo mano nella mano in mezzo alla folla e dal sestiere Dorsoduro ci spingiamo fino a piazza San Marco, maestosa e affollata come sempre: tanti capannelli, orchestrine che danno spettacolo e intrattengono mentre la calura estiva scollaccia i vestiti delle dame e lascia briglia sciolta alle voglie.

Brigitta indossa un meraviglioso abito nero con un corpetto aderente di pizzo e la gonna a balze che si apre rivelando ricami floreali, boccioli di rose rosse che sembrano danzare con lei nel vento caldo della laguna. Iniziamo a ballare insieme sulle marcette e le fughe di violino, i miei ricci neri contro le sue ciocche dorate, i miei muscoli e il suo fisico da modella, i miei colori del Sud e la sua pelle color mandorla. Brigitta si prende il centro della scena in modo naturale, ancheggiando sulle note dell'orchestrina che adesso sta eseguendo una festosa polka. Non che non abbia voglia di danzare ma ci sono dei momenti in cui mi diverte di più guardarla, esibirla. E così mi accendo una Muratti e da un tavolo prendo un quartino di bianco, tracannandolo fresco. Un attimo dopo, dalla folla che si apre per osservare, si stacca lui, le va incontro, le prende le mani e quegli stronzi dell'orchestrina, a un suo cenno, si fermano un secondo appena, ripartendo subito sulle note di un valzer. Ed eccoli volteggiare l'uno nelle braccia dell'altra.

Brigitta mi precede di pochi passi lungo le calli. Le prendo il polso ma lei accelera il passo e svicola. Tante volte abbiamo fatto questo gioco, finendo per fare l'amore in un sotopòrtego o in un campiello nel cuore della notte. Ma stavolta è tutto diverso.

«Lasciami perdere!».

La rincorro in mezzo alla folla, con i tacchi delle scarpe che grattano sul masegno che pavimenta le strade della città. Finché all'improvviso non si volta, la faccia furente.

«Sei un animale! Mi hai messo in imbarazzo!».

Mi spinge e corre via mentre mormoro le mie scuse, voltandomi le spalle. Andiamo avanti così, fra accuse e fughe, mentre calano le tenebre con la musica che salta fuori da ogni rio; anziché tornare a casa giriamo in tondo e ci perdiamo. Stavolta non stiamo giocando. La riacchiappo solo sul ponte dell'Accademia, sui suoi gradini di legno ci inseguiamo ancora, finché riesco ad abbracciarla sul parapetto. Lei passa una mano sul dorso della mia. Solo adesso mi accorgo che le nocche sono graffiate e c'è del sangue rappreso.

Dopo il primo valzer l'orchestrina attacca un altro brano e loro continuano a danzare, lui le cinge il fianco e indossa quel maledetto anello che brilla, lucidato di fresco. La folla di sconosciuti li guarda con occhi diversi, ridendo come se intuiscano o sappiano chissà cosa. Le loro labbra si muovono. Forse stanno parlando?

E lui, cosa le dice? E lei, cosa risponde? Erano cordialità o erano confidenze? Parole di corteggiamento, complimenti o preludio d'amanti? Faceva caldo. Ho slacciato il colletto della camicia bianca e nel farlo ho urtato un paio di persone che hanno alzato la voce con l'alito che sapeva di alcol, gesticolando sotto il mio naso. Intanto la musica si era fermata. Mi sono voltato in tempo per vedere Fiorenzo inchinarsi brevemente, occhi negli occhi, e tirare fuori dalla tasca qualcosa di colorato. Un bocciolo. Un fiore per Brigitta. Tutto è successo in un attimo: ho fatto tre passi avanti, il sorriso sulle sue labbra è morto in un lampo mentre lo colpivo sul petto spingendolo via. Barcollando, sorpreso, Fiorenzo si è rimesso in piedi. Se avesse girato i tacchi sarebbe finita lì. Invece mi ha affrontato con un sorriso arrogante.

«In Accademia comando io, non mi puoi toccare. Tu sei figlio di nessuno, Vitale!».

Il dito che mi punta contro si chiude dentro un pugno vigliacco, un diritto allo stomaco che incasso svuotando l'aria dei polmoni. Poi un altro diretto al viso, che riesco all'ultimo istante ad ammortizzare con un movimento della spalla.

«Cosa posso farci se piaccio a tutte le donne? Vitale, tu non mi puoi toccare, tornatene a casa... Te si proprio un mona!».

Allarga le braccia per richiamare l'attenzione dei presenti come un pavone che fa la ruota e poi, euforico, lancia una parola di troppo. Un insulto ad alta voce che mi ridicolizza e mette in discussione la fedeltà di Brigitta. Lei caccia un urlo ma io sono già scattato e gli mollo un destro, un pugno solo, un gancio diritto al suo bel mento sbarbato, che scocca all'indietro. Fiorenzo si accascia al suolo, nel silenzio generale. Brigitta corre via. Io la rincorro senza degnare di uno sguardo l'avversario.

La luna adesso si nasconde dietro le nubi. Lei si volta dentro le mie braccia.

«Achille, io ti amo».

«Anch'io».

«Io sono tua e tu sei mio... ma mi piace essere guardata, desiderata...».

«Che stai dicendo, Brigitta?».

I suoi occhi sono profondi come non mai in questa notte. Penso che sarebbero in grado di incendiare la notte. Li abbassa e distoglie lo sguardo, mormorando che sono uno stupido geloso, o forse qualcos'altro che il vento si porta via.

Sono passati un paio di giorni senza conseguenze dopo quella notte. Fosse stata una semplice questione d'onore fra uomini, mi sarei dovuto guardare le spalle, evitare vicoli bui e mettere in conto una scazzottata chiarificatrice. Sperando che nessuno cedesse alla tentazione di sfoderare lame e coltelli per così poco, la cosa si sarebbe risolta facilmente. Ma Fiorenzo? Uno come Fiorenzo Sanzio, veneziano da sempre e certamente imparentato con qualche Doge dalla notte dei tempi, sicuramente covava vendetta ma facevo affidamento che il suo orgoglio maschile non lo spingesse a ripicche isteriche.

Poi è arrivata quella telefonata in cui venivo convocato all'Accademia Navale di Livorno. Sono partito a malincuore, anche perché da un paio di giorni Brigitta accusava un lieve pallore e strani malesseri.

Giunto a Livorno ho respirato subito aria di caciucco e di casa, bramavo l'inizio dell'ultimo anno, l'assegnazione dei gradi e ciò che ne sarebbe conseguito, per cui avevo faticato anni sorbendomi disciplina e tutti i giri di barra sul brigantino. Sì, mi mancava la routine militare, persino le sveglie all'alba e le esercitazioni, l'attenzione al dettaglio, le manovre con le vele, i nodi da fare e disfare, la precisione richiesta: un baluardo a cui appigliarsi in quegli anni di piombo. Fare il proprio dovere, onorare il motto inciso sulla torre quadrata con l'orologio a tre facce, scritto a lettere mastodontiche: Patria e onore.

Ho fatto in tempo a passare dal complesso in cui si trovano le stanze degli ufficiali. Mi sono sorpreso vedendo che il mio letto, il mio soltanto, era disfatto e il materasso appoggiato a terra ma mi convinsi che poteva essere una semplice pulizia di routine stagionale, del resto eravamo tutti congedati in vista del rientro a settembre. L'Accademia è imponente, per andare dalla zona dei dormitori verso il plesso centrale ho attraversato la piazza d'armi incrociando diversi gruppi di allievi vicino al porticciolo di San Jacopo, intenti a trasportare sartie e vele per armare le barche, tenendosi in allenamento con una regata amichevole e laggiù, ecco il Palazzo Studi dove facevamo le esercitazioni scientifiche. La vita lambiva le mura dell'Accademia dal 1881 e lei resisteva strenuamente, opponendo la disciplina al disordine, l'ordine contro le mode, la divisa impeccabile come un mantra da quel primo giorno quando, schierati uno affianco all'altro, urlammo "Lo giuro" rivolti alla bandiera. E su questi punti fermi avrei costruito la mia carriera, la mia intera vita.

Negli ampi corridoi, diretto verso l'ufficio del Comandante in seconda dal quale ero stato convocato, ho incrociato alcuni ufficiali e i loro sguardi mi hanno messo in allarme. Sono stato intercettato e condotto nell'ufficio del Capitano di Vascello, Alvaro Raimondi, che ricopriva la carica di Direttore dei corsi ufficiali. Bussai, già con il groppo in gola. D'altro canto, non ero stato io a colpire per primo, né a provocare la rissa. Raimondi si era rivelato un ufficiale inflessibile, severo, ligio alle norme. Non appena presi posto mi venne detto bruscamente che l'allievo Fiorenzo Sanzio era stato pubblicamente pestato dal sottoscritto in modo ingannevole e *lesivo del suo onore. Pertanto stavano considerando la mia espulsione. E fu tutto. L'incanto si ruppe, sarei stato liquidato come uno scocciatore che suona alla porta la domenica mattina.*

No, la cattiva condotta mostrata non ammetteva replica.

Sì, il Sanzio aveva raccontato i fatti e sì, aveva anche prodotto testimoni attendibili che confermavano i fatti, l'avevo provocato e aggredito, forse cedendo alle lusinghe dell'alcol.

No, i nomi dei testimoni erano secretati agli atti.

Sì, il Comandante in seconda dell'Accademia credeva ai fatti esposti e aveva riferito la sua decisione al qui presente Direttore dei Corsi Ufficiali.

E sì, doveva riconoscere che nel corso degli anni mi ero distinto, ero parso adatto al comando e non avevo mai avuto nessuna nota di demerito – disse aprendo il mio fascicolo, posto sotto i suoi occhi, al centro dell'enorme scrivania di legno che dominava quella stanza con un'ampia vista sul Mar Ligure, in un tripudio di gabbiani che disegnavano traiettorie e lanciavano urla stridule – ma nonostante le premesse, i fatti occorsi erano troppo gravi e il caro Fiorenzo, pardon, *l'allievo Fiorenzo Sanzio aveva soltanto fatto il suo dovere denunciando i fatti.*

No, non era ammessa alcuna mia replica.

Ma – riprese il suo monologo Raimondi – proprio in virtù delle qualità mostrate fin qui, mi veniva generosamente offerta ancora una possibilità. L'ultima. La Commissione disciplinare avrebbe vagliato il mio caso, la burocrazia aveva i suoi tempi e in caso di condanna, i fatti sarebbero emersi e avrei perso ogni cosa. Sarei stato espulso con disonore. Fine dei sogni di gloria.

«Oppure...» disse fissandomi negli occhi, «potesti presentare le dimissioni dal corso, adducendo "motivi personali" e io, eccezionalmente, le accetterei seduta stante e così facendo salveresti il biennio e potresti concludere altrove i tuoi studi. Ma devi deciderlo adesso, Vitale».

E io accettai. Con una sensazione di amaro in bocca, accettai perché se mi avessero espulso sarebbe stato un colpo troppo duro per i miei genitori, accettai perché era chiaro che quella storia poteva portarmi solo altri guai. Accettai senza nessun piano B, senza un futuro da proporre a Brigitta.

E fu davvero tutto.

Feci la strada all'inverso, attraversai i corridoi e la piazza d'armi, tornai nella zona dei dormitori sotto lo sguardo muto del personale, svuotai l'armadietto, ficcai tutto in un borsone di tela bianca e uscendo mi chiusi la porta dietro.

Sul treno di ritorno mi accesi una sigaretta e la fumai affacciato al finestrino, assecondando il ritmo lento di quell'espresso. Avevo voglia di lasciarmi quello schifo alle spalle, di mettere più distanza possibile. Ogni cosa puzzava di torbido, le parole di Raimondi mi martellavano le tempie. Rientrai nello scompartimento, dal borsone tirai fuori un taccuino, vi avevo appuntato il linguaggio Morse. Trovai una pagina bianca e con una Bic blu scrissi:

Achille Vitale.
Venticinquenne, palermitano,
cadetto ritirato dall'Accademia Navale di Livorno.
Uomo di mare. Capace di tirare pugni.

Poi aggiunsi:

Senza santi in paradiso.

Non c'è una città migliore di Venezia per chi è atteso dall'innamorata. Ma stavolta tornavo alle Zattere cercando le parole per dirle cos'era successo nel giro di quelle poche ore.

Mi aspettava nel nostro piccolo giardino. Il viso illuminato da un paio di candele, con l'odore delle gardenie in fiore. Niente musica nell'atmosfera e un gran silenzio d'attesa. Aveva il viso tirato, non ho fatto in tempo a spiegarle al telefono della stazione ma avevo preso il treno più veloce per tornare da lei, come promesso.

«Devo dirti una cosa» disse.

«Anch'io...».

«Achille, raccontami di Livorno. Cos'è successo?».

«Il tuo amico, Fiorenzo Sanzio, maledetto, quello che ti ha regalato i fiori e la marmellata...».

«Quello che hai pestato».

«Quello del litigio».

«Quello della rissa».

«Vabbè, Brigitta... ci siamo capiti. Quello lì mi ha fatto cacciare dall'Accademia».

«...».

«Era parecchio ammanigliato e anziché affrontarmi o alzare i tacchi e andarsene affanculo... Vabbè, dài, mi inventerò qualcosa, non so, ci devo pensare e bisognerà anche fare una telefonata a casa, per spiegarlo... Tocca a te, dimmi».

«Achille, sono incinta».

Ventiquattro

Soffrire di mal di mare era terribilmente poco chic.
Patricia Highsmith

«Madonna mia, che è successo?».

Mi risveglio che mi sbanda tutto. E c'è un gran casino.

«Oh, finalmente!».

Carmine rilassa un po' i tratti del viso e poi mi urla: «Siamo partiti ma si è scassato tutto. Forse».

«Che significa?».

Mi porto alle labbra il VHF, premo il tasto e non succede nulla. Riprovo ma niente. Carmine fa una faccia strana. Le batterie le ho controllate prima di uscire, lo stringo e sento uno scricchiolio. Lo giro e mi rendo conto che si è spaccato in due, l'antenna di gomma si è solo piegata, ma dietro è tutto rotto, un filo penzolante tiene appesa l'altra metà mettendo a nudo il transistor e una scheda verde di plastica.

«Cazzo! Il VHF si è scassato!».

Quando sono caduto ci devo essere finito sopra ed ecco la frittata. Mi fa male il costato, mi gira un po' la testa. Ora come facciamo a comunicare con *Gabbiano?* Mi alzo, le gambe ballano ma reggono, consegno il VHF a Carmine e faccio per scendere nella stiva. Una scossa mi spinge contro la paratia e mi ritrovo a terra.

«Carmine! Ma che succede?».

«Siamo legati di poppa ma c'è stato un rumore di lamiera quando siamo slittati e…».

Vuoi vedere che si è aperta tutta la fiancata contro gli scogli? Ci muoviamo piano perché la fune legata di poppa significa che, mentre *Gabbiano* si muove, il cavo resta morbido finché non arriva all'estensione massima, poi dà uno scatto per la tensione e sulla *Izmir* subiamo un contraccolpo che rimette in asse lo scafo. Ma perché siamo soggetti a questo movimento? Risalgo le scalette verso il timone di plancia, anche se siamo rimorchiati dalla poppa magari riesco a rimettere in asse il timone, eppure qualcosa non funziona.

«Che succede?».

Mi sento ancora intontito dalla botta, ho la vista un po' annebbiata e la spalla destra lancia scariche di dolore che si irradiano alla mano e al collo. Batto tre volte le nocche sulla plancia. Torno a muovere la barra ma il timone sembra andato. E senza VHF siamo spazzati da destra a sinistra senza controllo.

«Carmine, si è scassato il timone, qua non governa più niente!» urlo. Vedo la sua testa sbucare dalla scaletta, reggendosi così forte che le dita si contraggono come una morsa. Anche in viso pare un fantasma. In condizioni normali il timone, posto subito dietro l'elica, si muove oscillando attorno a un perno agganciato sotto lo scafo. Ma evidentemente lo strappo di partenza è stato così violento e repentino che il timone si è piegato tutto da un lato e si è messo alla banda, ovvero si è inclinato alla massima oscillazione possibile ed è per questo che siamo in totale balìa della fune che ci traina da poppa, come un bambino afferrato dalla collottola e trascinato per le spalle da una madre furente. In più è notte e c'è un gran mare: cosa dobbiamo aspettarci ancora?

Esco fuori, procedo a tentoni assecondando il movimento, mi sporgo al massimo dalla sala comando e urlo a pieni polmoni sfogando la frustrazione mentre la luna va e viene in mezzo alle nuvole, pare abbia voglia di giocare. Non urlo per disperazione ma per richiamare l'attenzione di Georgos. Quello mi vede, lascia la posizione accanto alla bitta con il cavo di rimorchio che si tende e molla, stridendo con tutte le sue fibre. Reggerà? Non posso fare a meno di domandarmelo mentre il greco risale le scalette velocemente. Fin quando siamo ancora chiusi dentro le acque calme della golfatina siamo relativamente tranquilli ma il mare aperto è ormai alla nostra portata e vedo *Gabbiano* spingere con i motori a tutta forza. Vista la situazione dovrei richiamarli con il VHF, chiedere di rallentare la corsa e soprattutto di tenere d'occhio il cavo perché con questi sbalzi, se si spezza, andiamo alla deriva con il maestrale che ci butta dritto verso gli scogli e buonanotte ai suonatori. E invece non posso fare nulla.

«Georgos, cerca di attirare l'attenzione dei rimorchiatori, digli di rallentare la corsa!».

«Il VHF non funziona?» dice lui giustamente.

«Si è rotto! Vài a poppa e urla. Urla forte, cazzo!». E poi mi giro verso Carmine: «Dobbiamo andare subito a controllare la stiva e la sala macchine. Io vado in stiva e ti raggiungo. Svelto!».

Quel rumore di ferraglia che ho sentito mentre stavo precipitando mi ha fatto rizzare i peli sulle braccia e adesso rimbomba nelle mie orecchie. Appena apro il primo portello di ispezione vedo che le scatole sono disseminate dappertutto, coprendo quasi tutta la superficie della stiva, come fosse un secondo pavimento di cartone e pesce congelato. Non sembra esserci acqua, per fortuna. Non vedo squarci, non vedo tagli, non c'è traccia di falle almeno da quassù. Congiu ficca dentro la testa dal portello in fondo, quello più vicino a prua, ma non mi sembra preoccupato. Appoggio la mano sulle paratie cercando di non perdere la presa. Nel farlo calpesto un po' di scatole e sento qualcosa spezzarsi e rompersi, un rumore di ghiaccio e carapaci che si frantumano sotto le mie suole. Un rumore secco che mette i brividi. Istintivamente alzo gli occhi verso l'ispettore del carico che rimane immobile senza dire nulla, come se non gliene importasse un accidenti.

Fortunatamente non vedo falle nello scafo, ma poi mi rendo conto che il mio fiato non fa la nuvoletta, le mani non si sono ghiacciate e tranne quel grosso blocco di scatole in posizione verticale che resiste al centro della stiva, tutte le altre si muovono libere. Il raffreddamento non funziona ancora!

In quel momento sento uno sciabordio, e poi come uno schiaffo che rimbomba contro lo scafo, dall'esterno, e un altro ancora. Ecco il maestrale che ci aspettava al largo e comincia a bombardarci di raffiche e di onde. Mi accuccio per non cadere a terra e provare a capire che succede, ma alle oscillazioni ora si aggiunge il rollio dovuto alle condizioni del tempo, che sta visibilmente peggiorando. Le ore di quiete nella baia sono spazzate via da questo vento che soffia e ulula intorno a noi, reclamando un pegno. Il bollettino parlava chiaro: il maestrale tenderà a peggiorare. Le scatole iniziano a ruzzolare, il vento là fuori sarà forza otto, fra i sessanta e i settanta chilometri orari, con onde fino a quasi otto metri di altezza. In pratica è già vento di burrasca. Prima di morire schiacciato dal carico riesco a uscire da quell'incubo, gli spruzzi gelidi in pieno viso dicono che sono fuori. Mi reggo alla meglio per non cadere in acqua. Alzo lo sguardo, siamo in mare aperto. Il cavo di rimorchio, bianco, brilla al riflesso della luna piena, filando dal ponte di coperta del rimorchiatore fino alla nostra bitta di poppa. Vedo Georgos che si sbraccia ma sul *Gabbiano* non c'è nessuno alla balaustra né di vedetta. Stronzi, non vedono l'ora di tornare a casa e stanno spingendo come diavoli. Come avevo immaginato, senza l'ausilio del nostro timone a darci la direzione, ci muoviamo come un pendolo, da destra a sinistra, assecondando la spinta del rimorchiatore con i bighi di carico, delle aste di acciaio che si usano come gru per issare a bordo le merci e sono posti proprio al centro del ponte di coperta. Fortunatamente i bighi, lunghi e sottili come antenne televisive, sembrano essere stati ancorati in modo corretto e non si muovono affatto. Starebbe andando tutto sommato bene se non fosse per questo mare da incubo. Maestrale di burrasca al largo di Oristano: significa che prendiamo in pieno il vento da tutto il golfo del Leone e dall'intera pianura della Francia, un muro d'aria che ci spinge verso gli scogli. È per questo motivo che lungo la costa gli alberi, abituati com'erano a crescere sotto l'egida del vento che soffiando sconquassa ogni cosa, erano tutti piegati.

«Achille! Achille!».

Alzo gli occhi. Vedo Carmine.

«Facciamo acqua in sala macchine! Vieni!».

Lo seguo, non c'è pace stanotte. Sento Congiu correre sul ponte dietro di me. La sala macchine si trova sul punto più profondo della poppa, esattamente all'opposto rispetto alla prua. Appena ci metto un piede dentro vedo che è piena di acqua.

Affondiamo!

«Ma che è successo?».

«È successo che, appena l'etere ha fatto avviare il motore, *Gabbiano* è partito a bomba e la nave, trainata di poppa, ha sbandato di brutto ed è finita su quei maledetti scogli all'imbocco della golfatina. E ora stiamo messi così...».

Carmine apre le braccia sconsolato, inerme. Il livello dell'acqua in sala macchine sta salendo velocemente, minacciando i compressori e i gruppi elettrogeni.

«Qua salta tutto!» urla il frigorista, sull'orlo di un crollo isterico.

«Tu stai buono e pensa a lavorare che il raffreddamento è ancora rotto!».

Mentre cerco di capire che fare, il rollio sul nostro asse aumenta con i colpi delle onde e, come se non bastasse, sento distintamente lo scafo muoversi da una banda all'altra. Con il timone funzionante avremmo potuto contrastare la corrente tentando di mantenere la rotta, così invece ci spostiamo senza opporre resistenza. Risalgo all'aperto e chiamo Georgos:

«Hanno risposto dal *Gabbiano*?».

«No!».

«E tu continua a urlare! Urla più forte!».

Ma quelli o stanno dormendo o non gli importa nulla e si sono messi il cuore in pace per tutta la navigazione. Torno giù. La situazione peggiora rapidamente. Bisogna iniziare a sgottare liberandoci dell'acqua entrata dallo squarcio nello scafo, che si sta accumulando sul fondo. Mi metto in ginocchio accanto ai filtri e io per primo attivo le pompe di sentina. L'elettropompa si avvia sotto i miei occhi, inizia a risucchiare l'acqua. Benissimo, così facendo saremo salvi. Dopo pochi secondi però rallenta, s'ingorga e infine si blocca. Le do un colpo, incredulo, ma l'acqua stagna e sale rapidamente coprendomi il polso mentre tutto intorno a me sembra frantumarsi in un rimbombo di onde. Devo inventarmi subito qualcosa. Quando affondo la mano e tocco il filtro della sentina avverto qualcosa di viscido. Respingo un conato e stringo quel *qualcosa*, tirandolo fino a strapparlo. È uno straccio lercio e sbrindellato. La pompa riparte a succhiare acqua ma dopo un paio di secondi si ferma ancora. Stavolta è una di quelle mappe nautiche che erano sul fondo quando siamo entrati. Evidentemente con gli scossoni sono piombate daccapo per terra. Intanto Carmine arriva con un sacco di plastica pescato chissà dove e ci ficca dentro questa spazzatura, tenendosi in equilibrio mentre l'acqua continua a salire.

«Forza, mettiamoci tutti a svuotare i filtri!».

Carmine si mette subito all'opera, seguito da Efisio che è rimasto interdetto e sicuramente sta maledicendo i turchi e tutto l'equipaggio che ci ha rifilato questo schifo. Siamo quattro e ci sono quattro pompe.

«Forza, Elias, dàgli una mano anche tu!».

Quello vorrebbe dire qualcosa ma la situazione è troppo seria. Tira un sospiro e si mette a svuotare il filtro.

Ma non è solo il livello dell'acqua a preoccuparmi. Sulla superficie si muovono chiazze scure e oleose che creano vortici e si aggregano l'una con l'altra. Porto la mano al naso, la puzza acre prende alla gola e non lascia dubbi: è nafta. Per anni nessuno deve aver pulito questa dannata sala macchine e sul fondo si sono accumulate ogni genere di schifezze, insieme a residui di olii e solventi incrostati da chissà quanto tempo. Ma l'acqua di mare li sta sciogliendo e le macchie di nafta, essendo più leggere, affiorano in superficie e ormai lambiscono le pareti, i gruppi elettrogeni e il motore stesso, minacciando di sommergerli. Se accadesse sarebbe un grosso guaio. Carmine segue il mio sguardo, legge la preoccupazione nei miei occhi.

«Con una scintilla qua salta tutto...» mormoro. Lui annuisce cupo mentre tutto intorno sembra che il mare voglia tirarci a fondo nelle sue profondità.

Non c'è tempo da perdere. Risalgo le scale, chiamo a gran voce Georgos che accorre tenendosi per non cadere in acqua. Sul braccio si è tatuato le coordinate dell'isola di Chio, l'isola montuosa che si trova a una decina di chilometri dalla costa turca, un lembo di terra posto proprio sul confine fra Occidente e Oriente. Gli comando di prendere il mio posto alle pompe, al fianco di Carmine, Efisio e del frigorista. E mentre cerco di capire come siamo messi, li vedo tutti e quattro carponi che pescano dai filtri stracci, pennelli, avanzi di cibo e altre schifezze che ostruivano le elettropompe. «Dài che ce la facciamo» mi ripeto a voce alta. A Congiu non posso dire nulla, lui lo sa: ha un'espressione atterrita, scuote la testa, stringe in mano il berretto di lana, ma si tiene alla larga dall'azione. Ci scambiamo un'occhiata che vale molte parole e parecchi insulti, dopodiché volta le spalle e si dirige verso il ponte, nella notte. Risalgo in sala comando ma stavolta mi puntello con il peso del corpo, per contrastare il violento rollio. *Gabbiano* continua a tirare come se non ci fosse un domani ma non riesco a capire a che punto siamo della navigazione verso Oristano. Forse a metà? Il timone non ne vuole sapere di rispondere, mi accendo un'altra sigaretta mentre dalla sala macchine arrivano urla e imprecazioni. Tutti insieme, ciascuno con i propri mezzi, stiamo cercando di sfidare il destino e salvarci la vita.

Venticinque

Un faro
un solo raggio lontano
guida il traghetto che accoglie la bufera.
Antonella Anedda

«Ingegnere! Ingegnere!».
«Ingegnè!!!».
Le urla salgono dalla sala macchine.

Lassù le nuvole in cielo, nuvole scure e gonfie di pioggia, hanno catturato la luna. Dalla sala comando scendo giù e ciò che vedo mi atterrisce. La potenza del mare non accenna a diminuire, macchie oleose di nafta danzano sulla superficie riflettendo la luce delle lampade, creando sinistri aloni violacei. In quella conca che è la sala macchine l'acqua è ormai alta mezzo metro e lambisce pericolosamente i gruppi elettrogeni. Pur essendo un po' rialzati da terra, il vento di burrasca inclina lo scafo in modo pericoloso e quando l'acqua li sfiora sparano scintille, perché non sono isolati elettricamente.

Non faccio in tempo a urlare che vedo distintamente una scintilla e un'altra e un'altra ancora, e poi ecco che sulla superficie dell'acqua nasce una fiamma e in un attimo quel lampo basso e viola scuro si espande, danza, si nutre d'ossigeno e del carburante che galleggia, dando fuoco agli stracci e alle carte nautiche.

«Al fuoco!» urlo. Carmine, Georgos, Efisio ed Elias si voltano e tirano fuori le mani dall'acqua, in un'azione quasi coordinata che però sembra accadere pianissimo.

«Al fuoco!» grido ancora a pieni polmoni.

Le fiamme si espandono, il frigorista e Georgos si alzano in piedi ed escono dalla sala macchine. E poi ancora scintille, con l'acqua che sommerge i gruppi elettrogeni. E infine un colpo secco, come un tuono fortissimo, una salva di cannone seguita da un gran tanfo di bruciato: di botto salta anche la luce per il cortocircuito che, tanto atteso, è arrivato.

Siamo al buio. Confusione, urla e bestemmie, in quell'oscurità improvvisa che già puzza tremendamente della paura più primitiva e ancestrale che esista, la paura di morire. Ma le tenebre durano poco, presto rischiarate dalle lingue delle fiamme, prima basse e bluastre, che velocemente si alzano colorandosi di arancione via via che divorano l'ossigeno e aggrediscono le paratie della sala macchine, aggredendo ogni cosa in modo lento e inesorabile. Faccio in tempo ad afferrare Carmine dal bavero della giacca a vento e a trascinarlo fuori di peso mentre un fumo acre e velenoso brucia gli occhi e chiude la gola, un vortice nero che rende l'aria irrespirabile.

«Siamo rovinati...» mormora Carmine sconsolato e con le sopracciglia già bruciacchiate.

«Lascia fare a me» dico. Tastando le paratie esterne della sala macchine alla cieca e poi pescando la torcia nella sacca, cerco quell'interruttore che si trova proprio all'esterno.

«Deve esserci, dev'esserci per forza!».

«Sta qua! Sta qua!» grida Efisio, che ha capito al volo e infatti indica una scatoletta rossa e bianca. Afferro il martelletto, spacco il vetro e premo il pulsante rosso mentre tengo d'occhio le fiamme. Premo e mi sporgo a guardare. A questo punto un getto potente di anidride carbonica scende dai quattro diffusori che corrono lungo il soffitto ed estingue le fiamme, sopprimendo immediatamente l'incendio. O almeno, questo è quello che dovrebbe succedere. E invece, non succede un cazzo. Premo, premo tanto che il pulsante si spezza e finisce miseramente per terra ai miei piedi, illuminato dal fascio di luce e dal bagliore delle fiamme che intanto gridano nella notte. In questa nave non funziona un cazzo, nemmeno il sistema antincendio si sono premurati di controllare prima di metterla in mare.

Ci ritroviamo in una situazione se possibile ancora più disperata di prima. Sposto la luce sui loro volti – Georgos, Efisio,

Carmine – voglio che siano pronti a tutto. Poi dirigo il fascio di luce su Elias e lo vedo in ginocchio, con la salopette bagnata fino ai fianchi e il viso stravolto. Sta piangendo. Lo afferro dalle ascelle e lo tiro su di peso borbottando parole di conforto ma lui si agita e urla una, due, tre volte la stessa frase:

«Maledetto! Dove ci hai portato! Maledetto, non voglio morire!».

Gli altri si zittiscono, compreso Carmine che dovrebbe sapere quanto sia pericoloso farsi prendere dal panico. Efisio mi tira per la giacca.

«Non adesso».

«Carmine». Mi giro e lo indico. «Trova la manichetta, dobbiamo spegnere l'incendio. Fatti aiutare da loro due» dico indicando Georgos ed Efisio, mentre Elias continua a piangere e pregare.

Efisio mi strattona di nuovo.

«Che c'è?».

«Vieni».

Si allontana tenendosi alle paratie, anch'io lo imito. Poi si gira e in quel frangente, tra le fiamme e lo scafo che sbanda a destra e a sinistra, sfodera una flemma invidiabile. Si abbassa piano la zip della giacca a vento e mi dice:

«Io voglio tornare a casa».

«E pure io, Efisio, pure io!».

Mi guarda dritto negli occhi come in un film western e riprende:

«Ingegnere» dice aprendo la giacca a vento, «i fuochi di segnalazione li ho presi tutti».

«Per fare che?».

«Con questo buio se andiamo giù nessuno ci vede!».

«Torna dagli altri» e gli piazzo una manata sul fianco.

Quello fa sì sì con la testa e se ne torna indietro mogio. Intanto *Gabbiano* è sempre lì davanti e fila, accelerando per affrontare l'onda in arrivo per poi rallentare, cercando di ammortizzare il contraccolpo, e avanti così, giocando e dosando la potenza del motore. Stanno facendo la loro parte, ma è mai possibile che nessuno a bordo di quel cazzo di *Gabbiano* butti un occhio dietro per vedere come siamo messi? Non si sono insospettiti per il fatto che il nostro VHF è rimasto muto fin dalla partenza? Adesso siamo con le luci tutte spente e un principio d'incendio che ha già mandato K.O. le pompe e che dobbiamo domare quanto prima.

In questa situazione, mentre Carmine e gli altri iniziano a srotolare la manichetta, l'unica cosa che posso fare è cercare di misurare i gradi di sbandamento della nave, sperando che questo mare, con vento forza otto di burrasca, non ci faccia mettere di traverso.

Poi sento un gran botto, mi avvicino alle fiamme, ne sento il calore sulla pelle. Le linee della nafta hanno preso fuoco. Quel botto può essere dovuto al fatto che l'oblò, già incrinato, è completamente saltato. L'incendio illumina la notte, combatte contro il vento che lo strapazza ma non riesce a spegnerlo.

Mi giro e caccio un urlo:

«Efisio!».

«Ingegnere!» risponde con la manichetta in mano mentre gli altri si fermano e mi guardano.

«Esci e spara quei razzi maledetti verso *Gabbiano*!».

Senza farselo ripetere due volte, Efisio molla tutto e corre verso il ponte.

Nel frattempo, a bordo del rimorchiatore Gabbiano…

Il comandante sta spingendo sui motori, poco più avanti è preceduto da Vigoroso, *l'altro rimorchiatore partito da Sassari che sta aprendo la rotta di ritorno in porto. Fra le labbra tiene il mozzicone di un sigaro toscano, in testa un berretto di lana spessa per tenere a bada la cervicale. Al centro della timoniera c'è un tavolo quadrato sul quale hanno piazzato la carta nautica della zona attorno Torre Pittinuri per tracciare la rotta da e verso il porto di Oristano. Stanotte la luna si mostra e si nasconde dietro le nuvole ma tutto sommato la visibilità è buona e poi ci pensano i potenti fari alogeni montati sul castello di prua. Pochi minuti fa si sono ragguagliati con l'altro mezzo di soccorso mediante la radio di bordo a onde corte.*

«Tu li hai sentiti?».

«No. E tu?».

Certo, è strano che dalla Izmir, *la nave che sono andati a rimorchiare nella notte di vigilia, non si facciano vivi. Basterebbe un check per dire che tutto procede liscio. D'altra parte, appena l'hanno vista in quella baietta, arenata sulla spiaggia, si è capito chiaramente che si tratta di un ferrovecchio messo male. Sta dando più noie che altro questo recupero, quindi il silenzio può essere imputato al malumore dell'equipaggio della Siresa Mare Spa, personalmente non si conoscono ma non ci vuole tanto a capire che saranno neri di rabbia.*

E proprio in quel momento, un bagliore violaceo rischiara la notte, inondando il cielo di luce, interrompendo il flusso di pensieri a bordo del Gabbiano.

«Che diavolo!» urla il capitano mentre alza gli occhi al cielo cercando di capire e poi si volta guardando alle proprie spalle attraverso le ampie vetrate. Tiene una mano sul timone, l'altra sulla leva dei motori, la manetta, ma ci pensa il direttore di macchina, il secondo che lo affianca in cabina di comando a chiarire il mistero. Infila dentro la testa e dice:

«Hanno sparato un razzo di segnalazione!».

«Dalla Izmir*?».*

«Sì. Fermiamo tutto?».

«Si vede qualcosa?».

Un marinaio entra di corsa e urla:

«Stanno andando a fuoco!».

«Cazzo!».

«Che facciamo?».

«Tieni il timone, tieni!».

Il comandante lo lascia nelle mani del direttore di macchina, alza la cerniera del giaccone fin sotto il mento ed esce fuori, tenendosi alla ringhiera di metallo per contrastare il vento e andare a vedere con i propri occhi. Con lo sguardo segue il cavo di rimorchio dal ponte di coperta del Gabbiano *che corre sopra la superficie in tempesta del mare e raggiunge una delle bitte di poppa della* Izmir. *Il razzo che scende lento, coprendo una lunga parabola, illumina una scena da incubo: la poppa del cargo è rischiarata da toni arancioni e da un oblò escono fuori lingue di fiamme che combattono con il maestrale e minacciano di aggredire tutto lo scafo. Il comandante rientra velocemente e torna al suo posto.*

«Tagliamo il cavo?» dice il marinaio.

«Lo tagliamo?» ribatte il secondo.

Certo. Mollare il cavo, fare inversione di rotta e tornare indietro, accostando lo scafo a portata per poi mettere in funzione gli idranti e con i loro getti potenti estinguere il principio di incendio. Questo dovrebbero fare, questo è ciò che farebbero in condizioni normali. Ma stanotte non c'è nulla che vada come dovrebbe. E c'è un'unica soluzione possibile:

«No. Dobbiamo andare avanti». E poi, leggendo lo sconforto sul viso dei due, il comandante prosegue: «Se tagliamo il cavo, con questo mare e il vento di maestrale, la Izmir, *senza motori per contrastare la corrente, si metterebbe subito di traverso e finirebbe contro gli scogli o direttamente sul fondo del mare. E sarebbe colpa nostra».*

Poi aziona la radio e comunica la situazione a Vigoroso.

«Non abbiamo alternativa, forza e coraggio, ragazzi!».

Carmine ha steso il tubo che, alimentato da una presa esterna allo scafo, risucchia acqua di mare. Apre il getto e tutti e tre lo orientano verso le fiamme. Però è chiaro che manca forza, l'arco dell'acqua è debole, devono spingersi passo dopo passo in una lotta al centimetro mentre mi rendo conto che l'incendio ha inevitabilmente bruciato le elettropompe. Acqua su acqua che travasa nei corridoi, corre fra le nostre scarpe, piove fra le grate di metallo dei camminatoi e finirà per accumularsi, appesantendoci ancora, rendendo ancora più difficile il salvataggio e tirandoci giù, verso il fondo del mare.

«Forza Carmine, forza ragazzi!» urlo a pieni polmoni mentre la notte là fuori è rischiarata dal bagliore del razzo di segnalazione. Ma non è cambiato nulla, continuiamo a sbandare in balìa del mare e intanto Efisio risale velocemente le scalette. Appena me lo trovo davanti gli dico di andare a controllare le condizioni della stiva.

«Perché?» dice.

«Ma che domande sono? Vài».

La stiva è carica di pesce e visto che misura circa tre quarti della superficie della *Izmir*, finché rimane stagna non possiamo affondare. È molto semplice. Efisio si convince, va e torna.

«Allora?».

«La stiva è asciutta» dice lui e tiene d'occhio quei tre che continuano a combattere con la manichetta dell'acqua mentre il fumo è sempre più forte e scuro e li fa tossire con le facce stravolte. In ogni caso sembrano in grado di tenerlo sotto controllo, scongiurando il rischio che vada tutto in fiamme.

«Dài che ce la facciamo. Valli ad aiutare, io tengo d'occhio la situazione dal ponte di coperta».

«C'è una cosa strana».

«Ancora? Non hai detto che la stiva è asciutta?».

«Sì. Ma sotto c'è altro…».

«Cosa? C'è qualcuno dell'equipaggio? Un morto?».

«No!» dice Efisio.

«E allora?».

«Ci sono delle… casse».

«Minchia, pesce è!».

«Eja, ingegnere. È pieno di pesce e non si può nemmeno camminare. Ma ci sono anche delle casse di legno più piccole. Erano nascoste dal resto del carico e sono legate tutte insieme».

«E dentro?».

«Non lo so. Ho provato a usare questo ma non sono riuscito ad aprirle».

Mi passa la gaffa che termina con un uncino e uno spuntone di ferro e in quel momento ecco un'altra sbandata improvvisa, non facciamo in tempo a reggerci che finiamo uno addosso all'altro, rischiando di farci male seriamente. E in più ogni volta che ci incliniamo, quelle batterie di scorta per il gruppo elettrogeno che ho fatto portare proprio a Efisio da Oristano corrono lungo i corridoi della nave, sbattendo da destra a sinistra con un gran frastuono che si unisce a quello del mare, in un sommarsi di rimbombi da perdere la testa.

«Ormai dovremmo esserci quasi. Appena entriamo nel porto di Oristano ci sarà di nuovo calma piatta. Dài che manca poco!».

Urlo per dargli animo e infondere coraggio anche a me stesso.

Però decido di assecondare Efisio.

Afferro il portello dell'ispezione e scendo giù. Che macello, scatole dappertutto. Un po' di pesce ha iniziato a spargersi: tonni, aragoste, granchi e cernie sono finiti qua e là, ancora congelati. Che schifezza. Ed ecco che al centro della stiva, in mezzo a tutto questo sfacelo vedo anch'io delle scatole di legno. Sono quattro, grandi come le cassette in cui si mettono le bottiglie di vino. Sono impilate una sull'altra, legate con del fil di ferro e ancorate alla paratia centrale. Ci batto contro il palmo della mano. Rumore di legno sottile e, sotto, un rumore sordo che attutisce l'urto. Un mucchio di domande mi ronzano nella testa: chi le ha messe qui? Perché sono chiuse con dei ganci di ferro? E per quale motivo imbarcarle su una nave boliviana? Ho ancora la gaffa in mano. Stringo la presa con le due mani come se fosse una lancia e aggancio lo spuntone per forzare uno dei ganci metallici, ma in quel momento dal portello sbuca la testa di Carmine.

«Ingegnere, vieni, vieni subito! Presto!».

Ventisei

Io sono una nave.
Una nave che porta
in sé l'orma di tutti i tramonti.
Antonia Pozzi

Mollo tutto ed esco sul ponte di coperta. Là fuori c'è un inferno. Il vento ulula tutt'intorno, le onde sospinte dal maestrale ci spingono sottocosta e la luna che va e viene si riflette sugli scogli della costa vicino Oristano. Non si vede niente, il mare è una pozza scura ma quando la luna si libera dalle nuvole è quasi peggio: illumina onde gonfie di tempesta. È un mare feroce ma io non posso dare nessun segno di cedimento, altrimenti siamo perduti. A occhio manca poco, laggiù mi sembra di vedere una rientranza che potrebbe anche essere il golfo del porto in cui troveremo finalmente riparo. Prima però dobbiamo arrivarci. Ormai siamo in mare da un paio d'ore e siamo esausti. Trainati di poppa, con il timone fuori uso e il VHF rotto, non posso far altro che pregare che più niente vada storto. Elias piange – fra i singhiozzi snocciola i nomi della figlia e della moglie e dice che vuole tornare a casa. È seduto per terra, il viso scurito dal fumo dell'incendio, tossisce con le gambe stese sulla manichetta dell'idrante che continua a sputare fiotti d'acqua. Mi affaccio dentro. Adesso in sala macchine il fuoco è praticamente estinto, i gruppi elettrogeni sono carbonizzati e tutta la plastica – la strumentazione, le manopole, le taniche, persino i bottoni della plancia – è fusa, colata su stessa, come una cascata. Un disastro, ma almeno siamo ancora a galla. Esco e mi volto verso la poppa, l'incendio sta aggredendo la parte esterna del castello di poppa, arrampicandosi fuori dall'oblò e visto da qui somiglia a una chioma fiammeggiante nella notte. Un'immagine che fa paura, impossibile da dimenticare. Mentre mi arrampico all'aria aperta mi ripeto una cosa sola: Achille non cadere in acqua. Achille non cadere in acqua perché se cadi in acqua, addio Brigitta, addio Nina. Addio tutto e fine dei giochi.

Efisio si fa sotto e mi urla nell'orecchio per contrastare il frastuono:

«Lo senti?! Lo senti questo rumore?».

«Cosa?!».

E che devo sentire? Il vento, questo vento gelato che sembra voglia strappare la pelle dalla faccia? O le onde che pare vogliano frantumare questo cesso di guscio turco dal quale dipende la nostra vita?

«Ascolta! Ascolta!».

Mi tengo stretto dal portello di ispezione e con la coda dell'occhio guardo i bighi di carico, quelle antenne d'acciaio che nonostante tutto reggono e sono ancorate ai loro fermi. Mi pare un miracolo che resistano in questa tarantella. Guardo Efisio e lui cerca una conferma nei miei occhi. Sto per dirgli che è pazzo, pronto a tornare giù, quando sento qualcosa. Lui vede i miei occhi sgranarsi e si acquatta, mi dà le spalle volgendo lo sguardo verso poppa e il mare aperto. Sento come l'eco di un rombo, basso e profondo, un gorgheggio ritmato. Sotto le onde e le urla del vento, c'è questo… questo lamento, che si insinua e si fa più vicino. Mi guardo intorno, a destra e a sinistra, non c'è nessuna luce, nessuna imbarcazione a vista eppure il rombo si avvicina.

«Che cazzo è?».

Efisio non si gira. Gli poggio una mano sulla spalla mentre la *Izmir* sale sulla cresta di un'onda e poi si tuffa giù di poppa, risucchiata e trainata. Efisio è in ginocchio, ha trovato un appoggio che gli lascia le braccia libere ed ecco, alza una mano e come un rabdomante la stende, poi mi fa un segno verso babordo. Seguo la sua indicazione e per un attimo la luna illumina con un bagliore qualcosa. Una livrea. Uno scafo.

Un'altra onda ci sbatte e scuote ma quando passa lo scafo è più vicino. Lo vedo! È blu, basso, si alza sulle onde con linee semplici, la prua allungata e dietro, a poppa, due motori potenti.

E quello, quasi a presentarsi, sgasa, sollevando spruzzi per contrastare l'onda che arriva e il rombo, cupo e potente, lo riconosco subito. Sono dei motori a benzina da cinque, seicento cavalli ciascuno che pompano potenza e da come cavalca le onde e si inclina agile assecondandone la cresta, apparendo e scomparendo alla nostra vista, non può essere che un *racer.*

«Che cazzo ci fa qui, stanotte, un motoscafo racer?».

I motori rombano ma in questo macello ora sembra essersi allontanato. Possibile sia un natante in difficoltà in cerca di soccorso? Tutto può essere ma non ho nemmeno il VHF e in questa situazione, mentre siamo rimorchiati, come diavolo potrei essergli utile? Intanto il rombo dei motori si fa più smargiasso, ora arriva da babordo e poi, eccolo da tribordo. Sto impazzendo o questi giocano con noi e ci ronzano attorno?

«Che cazzo succede, Efisio!».

Quello si gira e mi guarda in faccia, bianco come un lenzuolo, senza dire una parola.

La prima volta che ho visto dei racer era alla fonda nel porto di Santa Lucia, a Napoli. Erano decine e decine, schierati, in attesa come lupi in agguato, l'uno affianco all'altro nella luce morbida del pomeriggio. Incuriosito, ho dimenticato i miei impegni, sono sceso sul molo, mi sono acceso una sigaretta e sono rimasto a scrutare quegli scafi fatti di linee semplici con la poppa squadrata e la prua appuntita, leggerissimi perché fatti di compensato marino e quindi in grado di seguire le creste delle onde grazie a motori potenti da centinaia di cavalli. Cosa ci facevano lì è presto detto. Un pescatore, seccato per il fatto che avevano invaso il molo e scombinato la sua routine e i suoi affari, mi raccontò che partivano tutti insieme sul fare dell'alba. Mettevano in moto uno dopo l'altro, giravano le chiavi dell'accensione e i motori svegliavano la zona del porto anche girando al minimo con quel borbottio vivace e inconfondibile, diverso dal rombo sordo dei diesel. Uscivano al largo dal golfo di Napoli e, superato il limite delle dodici miglia nautiche dalla costa, con i motori al massimo andavano incontro a una nave che, mantenendosi in acque internazionali, trasportava merci di contrabbando.

Un racer può davvero danzare sulle onde perché ha uno scafo completamente cavo i cui compartimenti interni possono essere facilmente rimossi. Inoltre, sotto i cuscini, il pellame e il pavimento in tek si aprono vani spaziosi, perfetti per essere riempiti da scatole di sigarette. O da casse di armi e, talvolta, anche da droga. Nel momento in cui una motovedetta della Guardia di Finanza si profila all'orizzonte per dargli la caccia, l'equipaggio del racer, sfruttando la grande potenza di motori che possono raggiungere i quaranta nodi in pochi secondi, si dà alla fuga alzando onde e scie di mare e incrociando più volte le proprie traiettorie per creare caos. A quel punto per la motovedetta, assai potente ma molto pesante con il suo scafo corazzato, l'unica speranza è che il racer bruci il motore o danneggi gravemente il fasciame con le sue spericolate acrobazie sulle onde. E accadeva perché quei motoscafi sono delle libellule con il pungiglione, delle auto da corsa, dei kart sull'acqua, belli e spavaldi quanto pericolosi.

Ma perché uno di questi motoscafi ci sta ronzando intorno? Cosa va cercando? Passa qualche minuto e il rumore del mare è così forte che si mangia tutto. E poi eccolo daccapo, il suo profilo affusolato come la lama di un coltello, lungo sette-otto metri, governato da qualcuno che evidentemente sa come muoversi, dosando i motori per non finire troppo sotto al nostro scafo e sfracellarsi malamente. Intravedo per un istante un uomo che si porta alla bocca qualcosa e poi una scia luminosa che parte dalla nostra nave e muore in mare con un tonfo. Poco dopo un altro arco luminoso ripete la medesima traiettoria. Ancora un altro tonfo. A questo punto due luci intermittenti lampeggiano fra le onde richiamando l'attenzione del racer. Ed ecco di nuovo il ringhiare del motore seguito da una derapata. L'uomo in piedi ai comandi si china, assecondando l'onda che arriva, e raccoglie qualcosa dal mare. Qualcosa che è stato lanciato proprio dalla *Izmir*. Mi alzo di colpo e afferro Efisio, che urla per la paura e il dolore. Gli stringo la spalla con tutta la forza delle mie mani intirizzite dal freddo e, con il cuore che pompa adrenalina e sangue, urlo: «Guarda!». Efisio finalmente si gira e urla anche lui, incredulo: «Che cazzo sta succedendo su questa nave?». Istintivamente mi chino e ficco la testa dentro il portello. Quello che vedo nella stiva mi toglie il fiato: le cassette di pesce si muovono alla rinfusa, accatastate sui fianchi della nave, e proprio al centro Ioannis Congiu, di spalle, il berretto di lana calcato sulla testa, si è creato un varco e ai suoi piedi ci sono due di quelle cassette di legno. Aperte e vuote.

«Che cazzo fai?» urlo a pieni polmoni per sovrastare il vento. Congiu gira la testa, mi vede e mi manda a quel paese alzando la mano destra, che stringe ancora quella maledetta pinza. Poi si volta e continua ad armeggiare. Faccio per scendere, perdo l'appoggio per la rabbia proprio mentre un'onda colpisce lo scafo e con un urlo cado di schianto sulle casse di pesce. Con il cuore martellante nelle orecchie mi rialzo e punto dritto verso Congiu che, non appena mi vede con la coda dell'occhio, si sistema le cinghie dello zainetto sulle spalle e si affretta ad aprire le altre due casse di legno. Ora sono tutte e quattro aperte ai suoi piedi. Poi afferra due pacchetti grandi come dei mattoni e interamente avvolti nella plastica, se li stringe al petto come fossero un pallone da rugby e avanza, impedito nei movimenti, bestemmiando contro tutto il cielo. Con la sinistra tiene la scaletta e con il peso del corpo contrasta il rollio della nave mentre le casse di pesce ruzzolano ovunque e ci finiscono addosso. Congiu sbuca sul ponte, gli sono dietro e faccio in tempo a raccogliere da terra l'asta della gaffa. Sento Efisio urlare qualcosa ma il vento si porta via le parole. Congiu lega uno dei due pacchetti con una fune e con un movimento fluido si sfila lo zainetto e prende un segnalatore di posizione, piccolo e luminoso, lo infila nella fune e fa per avvicinarsi al parapetto per afferrare il moschettone di un grosso parabordo. Ecco cos'avevo visto, un pacco lanciato in mare aperto con un galleggiante e un segnalatore luminoso, a vantaggio del racer di supporto. Maledetto stronzo. Noi qui a lottare per la vita e lui si è organizzato un recupero in alto mare. Ma cosa può esserci dentro quei pacchetti da rischiare così tanto?

Sentendomi arrivare si volta.

Urla: «Fatti i cazzi tuoi!».

Poi, vedendo che ho in mano il mezzomarinaro, stringe i due pacchi al petto e intanto ficca la mano nella tasca della giacca. Uno scatto e la lama si rivela. È un coltello a lama piatta.

«Ti ammazzo!» urla.

Ci fronteggiamo, i passi rimbombano sul ponte di coperta. Efisio, alle mie spalle, mi urla di stare attento ma nemmeno lo sento. La luna ci degna della sua presenza rischiarando la scena come sul set di un film. Un'onda più alta spazza il ponte. In quel momento faccio un passo in avanti ma Congiu mi prende in contropiede e con la lama mi sfiora il viso. La pelle si lacera, brucia dannatamente. Lo spingo via con il gomito che impugna la gaffa, vedo la sua smorfia e sento il sangue sulla faccia. Abbasso la punta acuminata e avanzo, Congiu scivola sul ponte e la punta di metallo si conficca in uno dei due pacchi. Lui urla, io tiro, la plastica si lacera e si strappa. Uno sbuffo di polvere bianca. Restiamo immobili per un paio di secondi. È droga, ecco cos'è. Mollo l'asta di legno, che cade sul ponte con un tonfo e poi rotola in mare tirandosi dietro il pacchetto e il suo prezioso contenuto. Congiu è furioso. Ogni singola cassetta varrà una fortuna, più di un milione di dollari. Due sono ormai sul racer, una è distrutta, ne resta soltanto un'altra. Lancia un urlo rabbioso e intanto sento il rombo cupo e profondo del motoscafo che si muove intorno alla *Izmir* compiendo delle mezzelune al largo della prua come un leone che già pregusta il sangue dell'avversario. Congiu butta uno sguardo fuoribordo ma non c'è tempo per agganciare il parabordo, si volta daccapo, è il momento di farla finita. Mi si scaglia addosso con la lama in avanti e il braccio ripiegato a proteggere il pacco rimasto. Avanza, io cerco di rialzarmi ma scivolo, poggio un ginocchio a terra, vorrei dire che in quel preciso momento vedo passare tutta la mia vita davanti ma mentre la lama è ormai all'altezza dei miei occhi sento solo il cuore che martella furiosamente nella testa. Un urlo arriva dalle mie spalle, Congiu non fa in tempo a spostarsi che Efisio gli si butta addosso. Entrambi ruzzolano sul ponte, il coltello gli cade di mano, rimbalza e finisce in mare, lo zainetto si strappa e pure l'ultimo pacco, avvolto nella plastica, scivola via. Mentre Efisio e Congiu si rialzano cercando punti di appoggio, non so come riesco a bloccare l'involucro con il tacco della scarpa, schiacciandolo contro il ponte di coperta con tutto il mio peso e cacciando un urlo rabbioso. Congiu sgrana gli occhi e mi si lancia addosso bestemmiando. Mi tira un cazzotto dritto in faccia, io d'istinto alzo il gomito e quello si fracassa contro la mano con un rumore di ossa che cozzano e si spezzano. Un'onda scuote lo scafo, Congiu mi cade addosso e siamo quasi abbracciati, mi pianta un pugno sul fianco e un altro, la scossa di dolore mi mozza il respiro, grugnisco e cerco di scrollarmelo di dosso, ci reggiamo comicamente l'uno all'altro ma quando abbasso lo sguardo vedo, fra colpo e contraccolpo, il mio tallone affondare dentro il pacchetto e rompere lo scotch: la sottile polvere bianca che ne emerge non lascia spazio a dubbi, anche in questo c'è eroina o cocaina. Ecco spiegato tanto affanno. Mi libero dall'abbraccio e lo spingo via. Efisio lo afferra da dietro e lo tiene fermo, ma Congiu non si ribella, come se avesse perso tutte le forze. Io calcio via il pacchetto che, preso dal vento di maestrale, vola spargendo nella notte sarda polvere bianca come neve, per poi scomparire fra le onde. Esterrefatto, Congiu china il capo. Efisio lo spinge via, e uno scossone dello scafo lo fa precipitare di schianto sui grossi pneumatici posti a prua a mo' di parabordi. Lo osservo mentre lascia scivolare le braccia lungo i fianchi come in un gesto di resa.

«Sei un maledetto pazzo!» sibila nella notte fissandomi con rabbia. Poi, proprio quando mi sembra sia tutto finito, infila la mano dietro la schiena e afferra qualcosa.

Ora mi spara, penso. Invece prende un piccolo oggetto e lo porta alle labbra, nere per il freddo. Si sente una scarica elettrostatica. Congiu apre il contatto e dice:

«Consegna terminata».

È un VHF.

«No! Mancano due pacchi» risponde una voce gracchiante dal racer proprio sotto di noi.

«Sono andati distrutti» replica Congiu.

«Che cazzo dici?» gracchia la voce dall'altoparlante.

«Distrutti. Finiti in mare» dice fissandomi negli occhi.

La replica dell'altro se la porta via la notte, attutita da una scarica di energia statica, resa incomprensibile dai tre metri di distanza che ci separano. Congiu ha un ghigno sul viso, chiude il contatto e s'infila il VHF nella tasca del giaccone. Serafico. *E ora a noi due*, penso. Sono talmente immerso in quel confronto, talmente bisognoso di risposte, che quando all'improvviso qualcosa cambia tutt'intorno a me non me ne accorgo nemmeno.

«Ingegnere! Ingegnere!».

Alzo un braccio e faccio un gesto rabbioso per scacciare via chi disturba, non è il momento.

«Achille!».

Efisio, fermo a qualche metro da me, punta il dito alle mie spalle. Mi giro, vedo Carmine che si sbraccia, le fiamme sono cresciute d'intensità, ora si alzano verso il cielo e crepitano più forte.

Allargo le braccia.

«Dimmi!».

Lui sorride e replica:

«Siamo arrivati! Non balliamo più!».

Mi guardo intorno, spaesato. È vero, ha ragione. Abbiamo girato l'ansa e stiamo entrando di poppa nel golfo di Oristano, il porto è ormai in vista e sta quasi per albeggiare. Sorrido anch'io, adesso, nonostante tutto e con il sapore metallico del sangue in bocca. Cazzo, siamo salvi. Ma proprio in quel momento Congiu urla:

«Achille Vitale!».

Mi giro. Ho sentito bene?

«Vitale, la pagherai cara» e poi, *puff,* scavalca il parapetto da prua e si tuffa a chiodo in mare. Vuole scappare a nuoto? È pazzo. Nel frattempo stiamo rallentando, il cavo di rimorchio inizia a essere avvolto dall'argano sul ponte di coperta del *Gabbiano,* che virerà per accostarsi e azionare i suoi potenti idranti, spegnendo del tutto l'incendio. Mi affaccio accanto a Efisio alla murata, a pochi metri vedo il racer, lo scafo affusolato è messo di traverso e due uomini sono pronti a raccogliere il fuggitivo. Congiu riemerge, nuota verso di loro, uno dei due gli lancia una cima mentre l'altro si protende verso di lui. Una volta salito a bordo del racer, Congiu si china e quando si rialza punta lo sguardo dritto verso di noi, impugnando un oggetto dalla forma inconfondibile: il metallo nero della mitraglietta risplende di una luce fredda e per un attimo che sembra infinito mi auguro che non stia per sparare. Lui alza la canna e la indirizza proprio verso di noi.

I lampi dei colpi in rapida successione illuminano l'aurora. Spingo via d'istinto Efisio, e sento un'ondata di dolore indescrivibile che mi attraversa la carne.

Ventisette

E dovremmo considerare ogni giorno un giorno perso,
se non abbiamo ballato almeno una volta.
Friedrich Nietzsche

«Achille! Achille!».

Carmine accorre da dietro, mi sorregge. Efisio è ancora per terra, lì dove l'ho spinto fra le sartie.

«Stenditi… no, che fai, non ti alzare…».

«Sto bene».

Il cuore martella nelle orecchie. Sento la carne tirare, la guancia brucia e la spalla destra pulsa. Guardo in basso, sono intero. La giacca è strappata, con l'aiuto di Carmine la sfilo lentamente fra urla e imprecazioni mentre il sangue impregna il braccio e sporca anche le sue mani. C'è una ferita, la carne è aperta ma non sembra grave.

«Poteva andare molto peggio» commenta.

«Ingegnere». Efisio, redivivo, si rialza. «La vita mi hai salvato!».

«Che culo» dice Georgos, che arriva con la sua solita flemma e poi ritorna verso poppa per seguire le operazioni del *Gabbiano*.

Sorrido.

«Efisio, l'ho fatto per me».

Quello mi guarda interdetto.

«Se morivi, mi avresti perseguitato per tutta la vita…».

«È chiaro! Fa male?».

«Fermo! Non toccare!».

Carmine si sporge dalla paratia e chiede al comandante del rimorchiatore di chiamare con la radio un'ambulanza. Intanto esce sul ponte anche Elias che dopo stanotte probabilmente ci penserà cento volte prima di rispondere a una chiamata d'emergenza. Io mi sostengo a un parabordo e scivolo giù piano, poggio il culo sull'acciaio mentre seguo *Gabbiano* che accosta e spara i suoi potenti cannoni d'acqua, estinguendo l'incendio con la potenza di mille tonnellate di liquido, disegnando due archi perfetti nel cielo mentre suona le sirene a tutta forza. I getti, orientati sulle fiamme del castello di poppa, brillano nella prima luce del mattino. Che spettacolo, i rimorchiatori.

«Efisio, mi passi la borsa?».

La raccoglie e me la passa. Frugo, prendo una sigaretta e me l'accendo. Poi dico:

«Ho sentito bene?».

«...».

«Quello conosceva il mio cognome?».

«...».

«Oh, ma con la botta sei diventato muto?».

«Hai sentito bene, sì. Ma come faceva a sapere chi sei?».

«È quello che vorrei capire».

Nel frattempo *Gabbiano* ha completato lo spegnimento e ancora una volta suona le sue potenti sirene mentre ci accostiamo alla banchina. È fatta. Georgos lancia la prima cima della *Izmir* che viene legata alla bitta sul molo e nel frattempo slega il cavo di rimorchio, liberando *Gabbiano*. Siamo salvi. È tempo di scendere a terra. Adesso ci saranno tutta una serie di procedure burocratiche per attestare che siamo intervenuti per salvare la *Izmir*, stimare il valore della nave e dedurre il corrispettivo che spetterà alla Siresa Mare Spa e poi ancora, stimare il suo carico deperibile e venderlo al più presto e al miglior offerente al mercato del pesce. Seicento tonnellate di pesce non sono una bazzecola e anche ammettendo che qualcosa si sarà di sicuro guastato, fra inseguimenti e sballottamenti nella stiva, c'è di che festeggiare per il Cavaliere. Ma dovremo anche capire cos'è successo. Sorrido alla mia squadra, sorrido a Georgos ed

Efisio, anche a Carmine. «Siete stati bravi, siete stati davvero tutti bravi» dico, e sono sincero. Dopo questa nottata siamo più uniti e abbiamo una storia da raccontare. Vado incontro al comandante del *Gabbiano* che si è acceso il sigaro e sicuramente già pensa al letto caldo che lo aspetta e non vede l'ora di firmare le carte e alzare i tacchi.

«Ma non vi siete accorti che avevamo il VHF rotto?» gli dico alzando la voce.

«Ma come? Io aspettavo che mi chiamavi tu».

«Ed eravamo pure al buio!».

«...vero?».

Poi si accorge del braccio, della guancia con il sangue rappreso, della manica strappata.

«Dov'è l'ambulanza? Presto, c'è un ferito!».

«Ma non c'è bisogno...».

«Ve la siete vista brutta, stanotte» dice mentre mi fissa negli occhi, porgendomi la mano che stringo con la sinistra, e in quel momento ecco che tutto passa. Ci sorridiamo, siamo fratelli in mare e le parole, arrivati a un certo punto, non servono a nulla. L'adrenalina cala di colpo lasciando il posto alla stanchezza. Vengo fatto accomodare sull'ambulanza per fasciarmi la spalla e prendere qualcosa contro il dolore che inizia a farsi sentire. Mi fanno bere un caffè caldo e mi rendo conto che stanotte potevo morirci davvero sulla *Izmir*.

C'è ancora da recuperare la R4 e trovare un modo per tornare a casa. Mentre mi passa accanto, rifilo una pacca sulla schiena di Elias che si gira e mi dice:

«Che avventura, ingegnere...».

«Hai visto? Indimenticabile».

«Vero. Però la prossima volta me ne resto a casa, giuro!».

«Non giurare Elias, non lo sai che i guai arrivano sempre di notte?».

Ora sorride, eppure fino a mezz'ora fa era in preda al panico. Ma non c'è vergogna, il mare ti sconvolge e quando ti si gira contro, selvaggio e feroce, ti rendi conto che noi lo affrontiamo ogni giorno sopra un guscio di vetroresina, di legno o d'acciaio, convinti di essere i padroni del mondo e di poterne disporre liberamente. E invece il vento alza la voce, le onde si gonfiano, si frangono le creste bianche e ti ritrovi a piangere e pregare. Il mare rivela la nostra vera natura, davanti al suo rombo primordiale affiora il timore dell'ignoto. Elias l'ha provato sulla sua carne per cui senza dire altro, scompare, si dilegua nel casino del porto che si anima e già si sta informando della nostra avventura, con la storia che passa di bocca in bocca, di bitta in bitta e chissà quanti crederanno a quello che abbiamo passato e quanti altri ci ricameranno sopra. Carmine mi raggiunge sull'ambulanza, mi porge la mano per farmi alzare e mi passa il VHF, fasciato nello scotch nero, con lo schermo mezzo rotto che lampeggia.

«Che ci faccio con questo? Funziona?».

«Così così».

Lo butto dentro la mia sacca e faccio per andare via. Anzi, risalgo sulla nave e torno in stiva passando dalle scalette. In questa bagnarola turca ci potevamo morire tutti, penso mentre m'immergo nella pancia della *Izmir*. La stiva è nel caos totale ma non è più affar mio. Mi chino e prendo una scatola di pesce. Apro e controllo, sì, sono granchi reali. La metto sottobraccio e torno fuori, sorridente con il mio souvenir. Poi, finalmente, mi metto in cerca di una cabina telefonica. È il momento di fare quella chiamata.

Ventotto

Ho avuto successo in tutto tranne che nella vita.
Serge Gainsbourg

Fa freddo e tira ancora un gran ventaccio in questo porto di Oristano nel giorno di Natale del 1981. Entro nella prima cabina del telefono che incontro, poggio sul bordo esterno la scatola con il pesce, richiudo gli sportelli alle mie spalle e infilo i gettoni. Il numero della villa a Capri lo ricordo a memoria, nonostante tutto.

«Sei tu?».

«Sì. Chiamo da Oristano. È stata una nottata infernale».

«Con quella burrasca, ci credo» replica il Cavaliere dall'altra parte della cornetta e me lo immagino con gli occhi che guardano un altro mare, immerso in una vita di agi e arredi di cattivo gusto.

«Ci hanno spedito a bordo anche l'ispettore del carico».

«Azz… Ma il pesce è salvo?».

«Sì».

«Bene!».

«Anche noi siamo salvi».

«E certo. Achille, non avevo dubbi che te la saresti cavata…».

Allontano l'orecchio dalla cornetta e non distinguo più le sue parole. Dopo la tarantella che abbiamo ballato tanta calma olimpica mi fa ribollire il sangue.

«Cavaliere, a bordo non c'era solo pesce…».

«Che dici?!».

«Eh. Non ne sapevi niente tu?».

«Ma di che parli?».

«…».

«Mi senti? Ma è caduta la linea?».

«Ci sono».

«Allora? Che è successo?».

«Non mi cercare più! Mi hanno anche sparato e c'è stato un incendio!»

«Ma che dici? Sparato? Incendio? Chi, com'è successo? E ora come stai?».

«...».

«Fra un paio di giorni devo venire a Cagliari e mi racconti. Va bene?».

Lo ascolto. Ci credo anche al suo stupore, non lo faccio capace di tanta immaginazione da seppellire delle casse di droga in mezzo a un carico enorme di pesce, organizzando un recupero in alto mare con il rischio concreto di perdere tutto, equipaggio e valori. I conti in tasca se li sa fare fin troppo bene, il Cavaliere. E poi, c'è anche la storia di suo figlio, pochi giorni fa Carmine mi ha confidato che ha dovuto mandarlo in una comunità di recupero e non penso proprio che abbia voglia di trovarsi fra le mani un carico di morte.

«Vabbè. Lei c'è?» dico.

«Sì... te la passo. Mi raccomando, riposati».

Quasi un anno fa, lo scorso febbraio, Brigitta è andata via di casa. Con Nina. Nei primi idilliaci mesi passati nella casa sul porto di Cagliari, Venezia era solo un ricordo, ma poi le cose sono rapidamente cambiate, io non c'ero mai e lei si stava smarrendo in quella città che la faceva sentire così dannatamente straniera. Avrei preferito che ci fossero piatti rotti e scenate, invece in casa c'era solo un gran silenzio mentre la nostra bambina cresceva senza un sorriso, fra due genitori che forse si amavano ancora ma erano stremati. Sul lavoro ero sempre attento ma il nervosismo era evidente. L'avevano capito tutti che tirava una brutta aria. Finché un giorno il Cavaliere ci ha fatto una improvvisata e ci ha portati a pranzo. Non era la prima volta e lui che aveva solo un figlio grande, che gli dava un sacco di pensieri, aveva preso in simpatia Nina e le portava sempre qualcosa – una volta spuntò con una bicicletta con i nastrini rossi, un'altra con un modellino in legno del rimorchiatore *Varazze*. Insomma, fra il primo e il secondo, in un ristorantino al Poetto, con i piedi quasi a sfiorare l'acqua cristallina nonostante fosse pieno inverno nel resto d'Italia, ha messo sul tavolo un mazzo di chiavi. Erano quelle della sua villa a Capri. Dopo la prematura morte di sua moglie, il cancello di ferro era quasi sempre chiuso e nessuno andava più a farsi il bagno nello specchio d'acqua a Marina Piccola. Achì, credimi, siamo stati bene in quella casa, io da solo non ci vado ma è un delitto tenerla chiusa manco fosse un mausoleo... Abbiamo finito di pranzare parlando d'altro e poi a casa mi sono fumato mezzo pacchetto di Muratti sul terrazzo mentre Brigitta faceva le valigie. Il Cavaliere, che era venuto con noi, mi ha messo una mano sulla spalla, si è sfilato gli occhiali a goccia e mi ha promesso, occhi negli occhi, che sarebbe stato come un nonno per la mia Nina. Mentre Brigitta sfilava con le valigie, le passava all'autista e si infilava in macchina con le guance rigate dalle lacrime, lui ha aggiunto: «Vedrai, la distanza sa fare miracoli».

E ora eccomi qui, con la spalla che pulsa e la fasciatura che si è già macchiata di sangue. In questi mesi in cui siamo stati lontani, cinque volte sono andato a trovare Brigitta e Nina. Infilo un altro gettone.

«Achille!».

Quella voce, la sua voce.

«Brigitta».

«Dove sei?».

«A Oristano. Stanotte abbiamo fatto un salvataggio...».

«Sempre in mare tu...».

«Questa è la mia vita, Brigitta».

«Questa è la vita che ti sei scelto».

Sicuramente il Cavaliere le avrebbe detto tutto e allora, senza farla lunga e per non farla preoccupare, le riassumo la nottata, fra l'incendio in mare, il carico di droga, il coltello e la mitragliata finale. C'è un fruscio, una scarica di elettricità, scosto la cornetta e la premo di nuovo sull'orecchio, scostando una ciocca di capelli.

«Oggi torno a casa».

«E Nina?».

«È qui. Mi chiede sempre del suo papà».

«E tu dalle un bacio».

«Oggi torno a casa, il bacio glielo dai tu».

Sorrido, come uno scemo.

«Ti aspetto».

Mi volto a guardare le ambulanze che sfilano sul molo con un tripudio di lampeggianti azzurri, c'è un gran via vai di portuali e arriva anche qualche giornalista.

Ancora silenzio fra noi, sospesi fra il porto di Oristano e la villa di Capri. Brigitta è una donna fiera, capace d'amare ma difficile da domare, imprendibile come una fiamma. Ci riproveremo ancora.

Mi manda un bacio e mettiamo giù. La stanchezza mi piomba addosso come un macigno, portandosi dietro il peso delle parole che ci siamo detti e di tutte quelle che abbiamo preferito tacere. Prima però devo fare un'altra telefonata.

«Pronto, Capitaneria di porto di Cagliari? Parla l'ingegnere Achille Vitale, mi passa il tenente Zeno Parodi? È ancora di turno? Sì, aspetto».

Passano solo pochi secondi.

«Zeno, che nottata! Ti devo raccontare una cosa che è successa stanotte. Una cosa seria, sì. Eh, mi hanno sparato… sparato con la mitraglietta. E la nave ha preso fuoco… No, non ti chiamo dall'ospedale… sto bene… Ci vediamo a pranzo, dici? Ah, il pranzo di Natale, certo!».

Metto giù ed esco dalla cabina. Dei gatti randagi si stanno contendendo con furia il pesce del carico, che ormai si è scongelato. Con un piede li scosto quel tanto che mi serve per infilare la mano dentro la scatola di cartone. Sotto le dita sento gli aculei e gli spigoli di un carapace. Afferro un granchio e sì, è davvero enorme. Me lo appoggio sulla spalla sopra la giacca a vento, raddrizzo la schiena, alzo lo sguardo e zoppicando vado incontro al sole che si alza nel giorno di Natale sopra il porto.

Epilogo

Ocean Ocean I'll beat you in the end.
Ken Kesey

Due mesi dopo.

Sei sicura che non vuoi venire con noi, mamma?».

«Sì, Nina. Vai con papà, io rimango a casa e preparo la tavola».

Achille prende la mano di sua figlia, la stringe nella sua e apre la porta.

«Pigrona! Facciamo presto».

I due si lanciano uno sguardo d'intesa. Achille esce di casa con Nina mentre un vinile corre sul vecchio giradischi, lo stesso che avevano nella casa a Venezia, e le prime note di Paolo Conte riempiono gli spazi.

Via via
Vieni via di qui
Niente più ti lega a questi luoghi
Neanche questi fiori azzurri.

Davanti al pericolo, i dubbi e le domande che li tenevano svegli la notte sono scomparsi, spazzati via dal timore di non rivedersi più, di perdersi per sempre. Il giorno stesso, il Natale del 1981, ha costretto il Cavaliere a prendere l'aliscafo, direzione aeroporto di Capodichino, a Napoli. Era ancora scosso dalla telefonata, ha fatto finta di doverci riflettere ma un'ora dopo era già in macchina, al volante della sua Lancia Beta Montecarlo senza disturbare neppure l'autista, per comprare due biglietti per Cagliari e accompagnarle al gate. Achille ha fatto in tempo a sbarbarsi e farsi una doccia per togliersi di dosso il sudore ma l'odore del mare no, quello fa parte del suo essere.

Il pranzo con Zeno è stato rimandato – il granchio reale è rimasto a casa, nella ghiacciaia – ma sono andati assieme a recuperare la R4 e da lì all'aeroporto, così ha potuto raccontargli tutto. Quando gli ha detto che metà del carico di droga era stato distrutto finendo in mare durante una lotta, Zeno si è voltato, sgranando gli occhi.

«Lo so, mi avevi detto di non fare l'eroe».

«Cazzo, Achille. Devi stare attento. Questa gente è pericolosa».

Poi si sono abbracciati e, mentre il tenente di vascello Parodi usciva di scena, lui ha chiuso gli occhi sui sedili in vinile della Renault, nel parcheggio dell'aeroporto, aspettando che le sue donne tornassero a casa. A dispetto dalle premesse – una telefonata nel cuore della notte e un SOS lanciato in alto mare –, la notte di Natale del 1981 è stata indimenticabile per tutta la famiglia Vitale.

***

Achille e Nina escono in strada. La luce di un lampione inonda la strada di casa, in via Riva di Ponente. Sono passati due mesi dalla *Izmir*. I primi giorni si guardava intorno e la notte dormiva un sonno lieve, agitato, ma ora non ci pensa quasi più. Ha raccontato più volte i fatti nei minimi dettagli, hanno stilato l'identikit di Ioannis Congiu – ammesso che si chiamasse davvero così –, allertando l'Interpol, ma non c'è stato nessun arresto, nessuna pista da seguire. E nonostante le aspettative anche la SSC, la compagnia di spedizioni greca, si è rivelata una traccia che non porta da nessuna parte. Insomma, tutto tace. E forse è meglio così, pensa Achille, che adesso ha voglia solo di normalità.

Padre e figlia proseguono mano nella mano, uscendo dalla zona del porto, diretti verso la pizzeria. È una serata strana, una serata senza nemmeno un alito di vento. La zona del porto, come sempre, la sera si svuota e forse non è il posto perfetto per crescere una bimba, ma la vista è impagabile e la casa dista poche centinaia di metri dall'ufficio. Sarà necessario trovare un appartamento in centro, lontano dalle banchine, dalla vista dei cantieri navali, dai traghetti e dal caos dei gabbiani, un posto più carino in cui crescere una figlia? Intanto con Brigitta le cose vanno bene, il pericolo corso in mare li ha avvicinati davvero e finora non hanno fatto in tempo a litigare. Sorride, mentre ci pensa. Poi si lascia andare a un gesto scaramantico mentre Nina elenca tutti i gusti possibili delle pizze.

Hanno girato l'angolo da pochi minuti verso piazza Giacomo Matteotti, tagliando via Roma verso il dedalo di viuzze fino alla pizzeria preferita da Nina. Intanto un uomo si ferma sotto il lampione in via Riva di Ponente. Non c'è nessuno in giro, getta il mozzicone della sigaretta e con un cacciavite fa saltare la placca e provoca un cortocircuito. Questione di pochi istanti per chi sa come muoversi. Poi si gira, estrae una torcia dalla tasca e lampeggia due volte. I fari dell'Alfetta nera gli rispondono e la macchina procede, fermandosi nel cono d'ombra, proprio sotto il lampione fuori uso. Gli sportelli si aprono, escono due uomini che si scambiano un cenno d'intesa con il terzo e iniziano a salire le scale. Quando raggiungono il pianerottolo del secondo piano si rendono conto che le decorazioni di Natale sono rimaste al loro posto. Nina non ha voluto che venissero tolte e pur di renderla felice, ha pensato Achille, potrebbero restare tutto l'anno in funzione. Ma i due uomini se ne fregano, leggono il nome sulla targhetta della porta e si scambiano un cenno d'intesa. Uno dei due si accovaccia per origliare e poi inizia ad armeggiare con la serratura mentre l'altro, con un tatuaggio che sporge dalla maglia aderente sotto la giacca, attende un segnale per poter svitare la lampadina principale. Entrambi indossano guanti neri di pelle e nel momento in cui entrano in casa sfilano con un gesto fluido le pistole da dietro la schiena. Un movimento unico che emana una strana, fredda e terribile bellezza mortifera. Sono Walther P38, entrambe con il silenziatore già avvitato alla canna. Avanzano, un passo alla volta. Hanno un solo nome in mente, un solo obiettivo da eliminare, una sola vita da cancellare.

Ci sono tanti tipi di nemici, quelli che una volta feriti scappano via lasciando il campo, e gli altri, quelli che se non muoiono tornano a colpire, più feroci, determinati e incazzati di prima. Mister K fa decisamente parte di quest'ultimo gruppo. Non appena Congiu ha fatto rapporto con un telefono satellitare ancora a bordo del racer al largo di Oristano, non appena è stato evidente l'ammontare della perdita – enorme e totalmente inattesa, un clamoroso smacco per l'organizzazione –, ha iniziato a muovere delle pedine da Atene. Le foto relative al dossier di Cagliari erano ancora sparpagliate sulla scrivania, lì davanti a lui. Colpire un uomo in divisa provoca una serie di conseguenze, colpire un civile è tutt'altra cosa.

E non può esserci spazio per le incertezze.

I due uomini entrano in un piccolo salone mentre il lampadario sopra di loro si accende all'improvviso.

«Amore, siete già tornati?».

Brigitta, disarmata e incredula, se li trova di fronte, non fa nemmeno in tempo a urlare. I due uomini si voltano sorpresi, alzano le pistole e sparano. Uno, due, tre colpi. E poi fuggono mentre la donna si accascia a terra.

Achille e Nina sono quasi arrivati a casa. Voltano l'angolo in via Riva di Ponente e mentre lui tiene in equilibrio i cartoni delle pizze su una mano, alzando gli occhi verso il fondo della via gli sembra che, nonostante una pallida luna, la strada sia più buia. Un rombo sommesso si avvicina. Una berlina nera, a fari spenti, accelera e punta dritto verso di loro. Lui stringe la mano della figlia e la tira bruscamente a sé, sul marciapiede. Nina urla per la sorpresa mentre l'auto taglia la corsia, prende la curva stretta e in quel frangente Achille riesce a vedere l'uomo alla guida. Ha i capelli corti e neri e un ghigno sul viso. Alla base del collo sporge un vistoso tatuaggio. Un martello? Una grossa T? Forse un'àncora?

Si gira a guardarlo mentre l'auto sfila, sgommando prende velocità e si allontana inghiottita dalla notte. Un'àncora nera, forse, sì, ma dove ha già visto quel brutto tatuaggio?

È questione di un attimo, i pensieri corrono mentre il cuore inizia a pompare, per la paura, per l'adrenalina. Achille molla i cartoni delle pizze e prende in braccio Nina, che inizia a piangere confusa.

E corre, corre a perdifiato, corre verso casa, corre verso Brigitta…

Nota sull'Autore

Francesco Musolino (Messina, 1981) è giornalista culturale e scrittore. Collabora con diverse testate nazionali, fra cui *Il Messaggero*, *L'Espresso*, *Specchio* e *La Repubblica*.
Nel 2019 ha esordito con il romanzo *L'attimo prima* (Rizzoli, 2019), seguito dal saggio *Le incredibili curiosità della Sicilia* (Newton Compton, 2019). Ideatore del no profit @Stoleggendo, membro del collettivo Piccoli Maestri, conduttore televisivo e docente di scrittura creativa, nel 2021 è stato membro della giuria del Premio Mondello.

Ringraziamenti

Sì, ogni storia che si scrive è un viaggio in mare aperto, soprattutto questa.
Tutto è iniziato con un racconto a voce, approdando fino alla pagina scritta, tenendo per mano alcuni autori amatissimi e prendendo il largo.
Devo moltissimo alla mia famiglia e alla *mia* Alessandra, che non vedeva l'ora di poter navigare in questo *Mare mosso.*
Ringrazio Maria Paola Romeo che ci ha creduto subito con forza, guidandomi sempre con il sorriso.
Ringrazio la casa editrice E/O per avermi accolto con grande entusiasmo. Eva, con i suoi incoraggiamenti, la cura di Claudio Ceciarelli, le dritte di Simona Olivito, i consigli di Diego Vitali e di Emanuele Ragnisco per una copertina da urlo. E, ovviamente, Giulio Passerini e Giorgia Calò per il viaggio che faremo insieme.
E ringrazio Glenn Cooper per la sua generosità, un'amicizia che colma gli oceani.

Mare mosso è fiction, ma grazie alla dottoressa Alice Navarino ho viaggiato nel tempo, consultando centinaia di pagine de *L'Unione Sarda* a cavallo degli anni Ottanta.

E ancora, grazie a Patrizia Niutta per l'affetto con cui mi ha sempre sostenuto, e a Michele Ministeri, un amico incontrato lungo la via.
Infine, grazie ai "ragazzi" de La Gilda dei Narratori di Messina, perché trovare casa in una libreria è una storia d'amore senza fine.

INDICE

Note di narrazione – 8

Mare mosso – 9

Nota sull'Autore – 181
Ringraziamenti – 183

Finito di stampare il 7 giugno 2022
presso Arti Grafiche La Moderna di Roma